愛在自然

Love in Nature

土香 著

序

你曾經有過疲累到不知生命所謂何事的經驗嗎？看不到生命的價值，也不知道活著的意義。那就暫時放下自我的存在價值，暫時放下我應該如何。讓你疲累的身心休息，你不需要表現自己的價值。

請你用全身上下的每個細胞與自然互動，每一個呼吸都在顫動，每一個呼吸都好像是共同彼此的呼吸，活著本身就有價值。

我感受自然給我美好的禮物，每一天都感受到豐盛的愛，有時生活的壓力、煩惱或痛苦，蒙蔽我們內心的豐富感受能力，重點是打開內心的窗，接受自然帶來的禮物。

日子就像飛揚的塵土，模糊我們的路。五光十色，目眩神迷，五味令人口爽，五顏六色的生活令人心神飛馳。

用心感受大自然給你的訊息與豐盛吧！在大自然裡可以找到答案，可以找回那久久的感動，那麻木的心也會隨之軟化。

親愛的，人生有幾何，不要留下遺憾。我沒有一定要達到的里程碑，我只明白儘管去做，無愧於心，有沒有達到目標也沒那麼重要了。

雖然還有遠大美好的未來在等著我們，有好多的人生經驗持續再開拓中，但我已迫不及待地想與各位分享，這本書揉捻著累積的生命智慧與自然體驗。先從生活與自然密不可分開始，接著展開一連串的自然觀察，從中感受到自然界的豐盛，以及頓悟人生的智慧。進一步提供一些身心靈體驗的處方，並分享一種與自然和諧共處之生活方式，以及對環境議題之看法，最後，用詩或歌詞創作，表達對自然的愛。

很榮幸與你分享寫此書的喜悅與祝福。閱讀這本身心靈的書時，心靈感到平靜、喜悅並充滿愛，尤其在植物生態方面，希望你不只感受到大自然的愛與豐盛，更能由衷的開始採取愛護環境的行動。

環保行動也是一種心靈革命。推動環保不只是採取行動，由心開始也很重要，一個愛大自然的心，自然會愛護環境。

目次

第三篇　自然的感動與頓悟

第四篇　自然＋生活＋環保

第五篇　聽生命在唱歌

第一篇

生命與自然元素

第一節　自然元素

生存與自然密不可分，這整個環境的自然元素創造豐富的生態系統，許多生命依賴自然元素生活。

自然元素並非強調某個特定的專有名詞，本書主要係指自然環境中與人類生存密切之元素，例如空氣、水、陽光、土壤等。

以空氣而言，空氣存在自然環境中，似乎是取之不竭，我們每分鐘都需要呼吸空氣，否則無法存活。然而髒污的空氣，不只對身體健康造成影響，也影響其他動植物的生存。

以水而言，我們的身體含水量多，生活中需要水分的補給才能維持正常的身體機能，若缺水過久將致死，當然動植物也是如此。我們所食用的蔬菜、肉類也需要水分而成，整個生態系統十分需要水元素。

以陽光而言，植物可利用光合作用製造氧氣，所以光元素對人類每日需要的氧氣而言也相對重要，另外光元素也會帶來身體所需的熱量，足夠的熱量能夠支撐我們進行更多的活動。

以土壤而言，我們腳踏的這片大地是由土壤組成的，多數植物的生長也需要土壤，有些微生物仰賴土壤環境，植物生長也需要土壤中的微生物與眞菌作用。

食衣住行育樂都離不開自然。在飲食方面，感謝食物給我們能量，食物不只豐富味蕾，更是生活中補充能量之來源，例如從蔬菜水果中補充維生素B、C，吃了這些食物，讓我們的身體有足夠的體力進行活動。植物不只食用也有藥用，當身體發炎或生病時，也可以利用植物來療癒身心，例如飲用花草茶舒緩神經緊繃，中醫也運用藥草來治療疾病。

在衣物方面，衣物的材質是否天然安全，減少使用化石燃料。不只可利用植物的纖維做成衣服，有些果實還可作爲衣服的染料。

植物不只轉變爲食物進入我們的身體，也進入我們的生活。尤其在居住生活方面，樹木的木頭可用來蓋房子、造船、製作成桌椅等日常生活用品，竹子也能編織成籃子、坐墊、涼蓆、桌椅等。有些植物如無患子則可以做爲沐浴用品。

在行動方面，自然環境形成我們日常生活行動之必備，我們腳踏這片土地，悠遊在海洋，翱翔於大氣。

在教育方面，大自然就是個教室，我們在自然環境中學習，動植物的生活方式或其獨特的特性，可以作爲我們學習的對象，我們可以學習它們輕如鴻毛的飛翔、優游

自在於水中游泳的祕訣，以及感測環境的溫濕度變化等等。不只學習技能，有時也向自然學習欣賞、謙卑等情感。

在娛樂方面，目前已有森林遊樂區，提供人們來森林吸收芬多精，療癒身心靈。但不一定要大老遠地前往森林遊樂區，平時去公園走走，看看綠色的植物，欣賞自然風景，心情自然愉悅。自然體驗活動也很多元，例如去休閒農場體驗採果樂，或是體驗划獨木舟、潛水、衝浪等海洋休閒活動。

第二節　生命共同體

自然的現象不斷地在變化，沒有恆常不變，萬物循環生生不息，每一個都是獨立的個體，卻也是生命的共同體。

我凝望著你，放鬆呼吸。我是一株小草，一棵大樹，一隻蝴蝶。我在呼吸，你在呼吸，萬物在呼吸，所有的呼吸都是相連的，我是你，你也是我，沒有分離。

當我們缺乏接觸自然生態，或者感受自然生態的時間太少，我們常常忘了自己是誰。自然環境、植物、昆蟲、動物、眞菌、細菌等共同形成了生態網絡，我們也是自然生態網絡的一分子。

我不是在述說別人的故事，我想說的是從生活中體會到人類與自然密不可分的關係。

我們每天也許會吃下蔬菜、水果、肉類、海鮮及五穀雜糧等食物，這些是維繫生命的必需品之一，似乎很平常或理所當然地進入我們的肚子，滋養我們的五臟六腑，刺激我們的味蕾。

當我開始種植蔬菜、水果時，我對食物有了另一種看法，我們好像忘了感恩，而理所當然地取用這些食物。這些食物都是取自於自然中，甚至經過多種轉換與消耗才變成想要的美味餐點。然而，這不只是一個食物，你可曾想過你吃下的食物是需要花費多少能量與努力才能獲得！你以爲這是理所當然嗎？你在浪費食物時可曾想過，這可是生命啊！

也許你覺得有必要如此沉重嗎？吃下食物時，通常早將這些念頭拋之腦後。也許吧！這些食物滋養我們的身體，延續我們的生命，豐富我們的生活體驗。我們不應視爲理所當然，應當感恩與珍惜。

我們吃的蔬菜、肉類皆取於自然，是取自於大自然生態系統的豐富資源，水、植物及動物的生命滋養我們的生活。這些植物或動物在變成我們的食物之前，是一個生命體。當它們進入我們的身體時，已不是獨立的個體，我們與整個生態系統是生命共同體。

大自然的豐盛，給我們滿滿的幸福。陽光給予活動的能量，風帶動空氣流動，大口的呼吸空氣，腳踏著實在的土地，水滋潤了身體，這些看似理所當然的事物，是我們無法想像沒有它的日子或取得艱辛時。

沒想到水如此珍貴，呼吸這口清新空氣如此美好，風的流動帶來四季變動與生命活力，陽光如此溫暖心內，實在踏在這片土地上，原來如此的不簡單。

☆依你的生活經驗，寫下自然環境與你生活之關係

第二篇

自然的驚奇與豐盛

我總是在自然中療癒身心，偶然就發現自然中有趣的現象，帶來驚喜。自然中豐富的變化，不僅豐富視覺、聽覺、觸覺，帶來滿滿的富足感，更打開我們的內在感官。

第一節　自然奇趣

昆蟲交響曲

當昆蟲大口朵頤的食用葉片與果實時，雖然農夫會生氣，但我腦袋浮現的卻是蟲蟲們開心滿足的畫面，昆蟲們組成交響樂團開心地在演唱，看到它們開心活潑的樣子，內心充滿喜悅。

茅塞頓開

不是要講上廁所的故事，而是松果果實的果鱗。先前撿拾的溼地松果實形狀像水滴，果鱗一片一片地包覆著種子，果鱗尖端處還帶刺，撿拾果實時，手常常被刺到，有些松果還夾帶著葉片三針，可能是發芽的徵狀。

果實放在桌上，有的則掉落在地板，隔日感到納悶，地板上怎麼出現一顆展開果鱗的松果？我記得沒有撿拾這個果實啊，然後我轉眼看到昨日放在桌上的溼地松果好像會動，果鱗由閉合狀逐漸展開，再過一日幾乎每片的果鱗展開，拿起果實觀察時，種子不時掉落3～5個，帶著薄翅黑色的種子。

這果實還會變身，好有趣啊！原來都是溼地松果，我原以爲閉合狀或開合狀態是不同種類的果實，眞讓我感到驚奇。

享用野果

在野地裡享用甜美的果實，幸福洋溢。神農嘗百草，梭羅嘗野果。亨利・梭羅的《野果：183種果實踏查，梭羅用最後十年光陰獻給野果的小情歌》一書提到他嘗試野果的美味，有著滿滿的幸福感，那豐富的口感與滋味在野外吃起來會特別美味，帶回家食用反而覺得青澀。

美味的野果，需要時間與知識的考驗。首先在嘗試野果之前，最好能辨識該植物的果實是否無毒可食用，否則隨意嘗試野果，有中毒之風險。若想要吃到美味的果實，則需要靜待果實成熟，或是很幸運的巧遇果實的成熟。

在採野果的經驗中，大部分的果實不能直接食用，可直接食用且滋味豐富的野果，我特別推薦毛西番蓮與蛇莓。

毛西番蓮不起眼卻好吃。果實滋味似百香果，因爲百香果又稱西番蓮，兩者花朵形狀雖相同，但葉片與果實則有明顯的差異。毛西番蓮的果實圓形較小顆，外面有一層綠色的毛狀保護罩，果實表皮光滑，最初是綠色，成熟後轉爲黃色。果實容易剝開，剝開後內部露出猶如青蛙下蛋般的種子往嘴裡一塞，好甜啊吃！還想再多吃幾顆。

毛西番蓮讓人欲罷蛇莓則是讓人思思念念毛西番蓮前等待果實的而幸運的偶遇蛇莓果實時。蛇莓的果實較毛西顆，比一元硬幣還小，草莓的迷你版，果實呈才成熟。正因難得吃到可愛又似酸甜般的戀愛才吃那麼一口，就讓我今，眞想有機會再到野集。

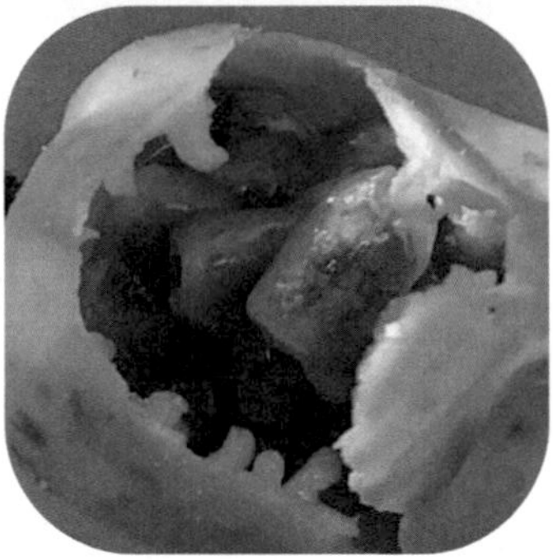

1毛西番蓮未熟果
2毛西番蓮花
3毛西番蓮熟果

植物生活的點點滴滴

從不知道的果實到發現是什麼果實，發現一連串有趣的現象，葉片、花、果實和種子，有一種新奇的感覺。生活中的享受都比不上這些。

很可愛的豆莢掛上了俗名豬屎豆，雞屎藤有雞屎味，難道豬屎豆有豬屎味嗎？

豬屎豆莢讓我很著迷，尤其是果實乾枯時，搖著豆莢，種子間彼此互相撞擊，發出鈴噹的聲音，聽起來十分悅耳。

中東海棗的種子也很有趣。樹上結著一顆顆黃澄澄的果實，地上卻有它乾燥脫皮的種子，仔細一看種子的形狀好像咖啡豆。好幸運啊！回想之前採集棕櫚科果實的經驗，果肉含水分，直接存放會腐爛或發霉，若將果肉去除只取種子，直接存放未經乾燥處理，也會發霉。但這次不費吹灰之力，輕鬆就取得乾燥的種子，自然之力果然不同凡響！

大豬屎豆果實

中東海棗的種子

蓖麻的果實外表並不討喜，外皮好像長滿荊刺，雖不致於會刺傷人，但摸起來很粗糙不舒服，然而種子卻讓我驚艷。果實內主要有3瓣，每一分瓣各可能存有一顆種子，種子表皮光滑，具有花紋，又帶著一小油脂體，花紋色澤美得令人著迷。

探索果實——大葉山欖果實的四部曲

看到樹上結著美味可口的果實，眞想咬一口。往地上尋找落果，幸運地發現一顆果實缺一角，露出種子，迫不急待地把果實剝開，果肉軟Q多汁，種子竟然似曾相遇！

原來我早已保存這種植物的種子，直至今日，我終於明白原來它就是大葉山欖的種子。進一步觀察種子，並不堅硬，多數的種子外殼脆裂，內部有褐色葉脈狀的外皮，在這之下卻是光滑軟嫩。

1	
2	3
4	

1第一部曲樹上掛著果實
2第二部曲果實落地
3第三部曲果實與種子分離
4第四部曲種子特寫

火焰木果實——鞋子的發想

火焰木的果實讓我聯想到高跟鞋或包鞋。火焰木的果莢裂開，像獨木舟的形狀，因爲加上中間那一夾層很像鞋墊又像牛舌餅，扁扁的一層擺在鞋底上，還有孔洞提供呼吸，鞋子或鞋墊可能是參考火焰木果實的原形研發的。

前些日子下雨掉落的火焰木果實，果實外殼形狀不盡相同，種子倒是像心形，帶有薄膜，迷你可愛。

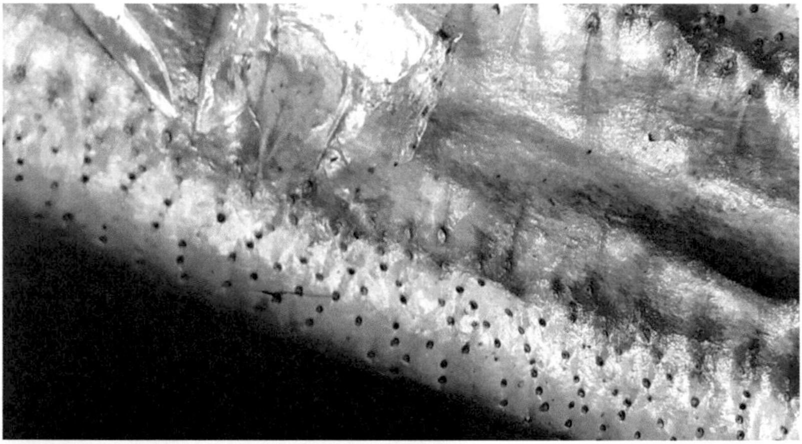

1

2 | 3

1火焰木種子

2、3火焰木果實含種子

☆有撿拾野果的經驗嗎？可以去公園或野地上看看有無掉落的果實，寫下你當下發現野果的感覺與觀察

昆蟲奇遇

不知怎的，昆蟲就現身在我的面前，好興奮！是一種預想不到的驚奇感。

土讓中怎麼冒出一堆好像螞蟻的生物，會咬人嗎？頭部有的呈黃色，有些則呈白色，腹部好像很軟，有的呈白色，有的則透明、內部襯托著藍色。

每次發現都是驚喜，它們好像偏愛那黑色的團塊，是肥料嗎？上網查圖片對比，推測是白蟻，當下數量大約有100～200隻。

破殼出現蝸牛透明幼體

地瓜莖下的蝸牛卵

挖到寶

好驚喜呀！挖土過程中，突然發現大約有60顆卵？淡黃色的圓形物體，起初以爲是顆粒狀的化學肥料，試著按壓該圓狀物，結果是蛋殼！越看越覺得像迷你雞蛋，流出了透明物似乎是蝸牛，決定帶回去好好地將它孵化，不曉得是怎樣的生物會破殼而出，內心好興奮！

等了一個月還是沒動靜，覺得不太對勁。發現有部分蛋殼破裂，露出蝸牛殼，但就像乾枯一般，沒有生命力，這時才想到可能是水分不足，環境不夠潮濕。

原本要順其自然的，結果還是加了一些水，果然2週後，終於發現2～3隻蝸牛伸出觸角活動筋骨。

也許是第一次發現，覺得很有趣。每一次都可能有不同的發現。

昆蟲也懂得謙卑？

這裡飛，那裡飛。一旦發現目標：冬瓜花，就擺好姿勢，在享受花粉前，更要虔誠地禱告一下，跪在花柱上方，感謝花朵滋養著身體，然後深深地吸一口芳香。

甜滋味

往常欣賞菩提樹葉時，不論是淺紅色的嫩葉、綠色的葉片及褐色的枯葉，都有不同的美感，而這次我有不同的體驗。

原來不是在下雨，卻莫名地感受到傾盆大雨一般。一顆顆豆子般大小的果實，大量又快速地掉落在地上，也不斷撞擊我的身心，我一點也不覺得痛，內心浮現興奮與喜悅之情。

這時我才明白原來菩提樹也會結果，而且結果量豐富。

菩提樹是桑科榕屬植物，果實與榕樹果實相似，果實成熟時呈現紫黑色，內含大量的種子。

菇菇體驗

這個白色的菇，沒有菌環，肉質肥厚，乍看還以爲是保麗龍。起初以爲是假的，就近一看還有與土連結的細假根，是從土裡冒出的徵狀。

小菇菇：（鑽出土壤），原來這就是地表上的世界，我要出人頭地啦～

大菇菇：到底是誰偷咬我一口？別怕小菇菇，我強大的身體替你擋住。

菩提樹果實

試採一小片放入夾鏈袋，忘記烘乾等乾燥處理，放了5天再去看時，已完全發黑，發出難聞的臭味，甚至還流出汁液滲漏出去。

又見菇菇

很幸運不經意的發現2朵大菇，感覺厚實，觸感不錯。

從外觀而言，雖然有些相似，圓滾滾的菇類，仔細一看好似2種不同的菇。上圖的白色菇，有圓形或方型的孔洞，條紋呈現波浪狀。下圖的菇顏色接近皮膚色，條紋排列猶如菠蘿麵包，甚至觸感還更Q彈。

一個月後我才知道它可能就是紫色禿馬勃，完全沒看到紫色的特徵，因爲還沒成熟，聽說成熟後菇體會爆開，眞好奇呀！

我的期待終於成眞，有次不經意在草地上發現爆開的菇體，此時菇體呈現褐色，似保麗龍材質。

紫色禿馬勃爆開的菇體

菌絲體

這是毛柿的種子，不是我想要說的主角。我想要了解的是種子上面爲何長出一絲一絲，像是菌絲一般？菌絲的一端是黑點，這到底是什麼？

有一次將韭蘭的種子放入夾鏈袋，菌類種類更多，也有黃色的，但最多的還是黑褐色的菌，甚至長出像鬚根一般的絲，袋子也變黑了。

我突然想到一種說法，植物不是先有根存活，而是先有眞菌才有根，因爲這些眞菌養成根系發展，影響植物的生存。這完全顚覆了我對植物的生長歷程的觀點。

我突然豁然開朗，這韭蘭種子生成的菌絲，有朝一日將會是它發展根系的關鍵。

我更驚覺大自然如此浩瀚，有很多奇特的現象，我們沒有去發現，也很難去想像。

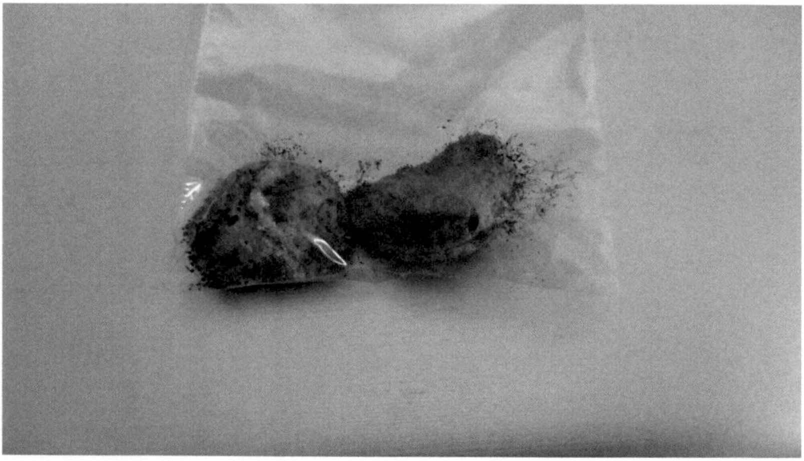

☆寫下你在自然環境中感受到的有趣經驗吧！如果沒有相關經驗，可以參照本書去創造吧！

第二節　植物生態觀察

我選擇了一個盆栽，作爲曼陀羅地的自然觀察紀錄。其觀察背景資料詳見附錄2。在這個曼陀羅地，也就是盆栽的範圍內，範圍雖然小，直徑大約2公尺，卻可觀察到令人意想不到的自然生態，帶來豐盛趣味。

不知名的小蟲

柚子樹新芽附著約10隻小蟲及其產生的白色絲狀物，其他葉片、幼葉及枝幹也布滿了小蟲，短短的枝幹（約1~2公分）就有20~30隻蟲，該蟲子乍看以爲是介殼蟲或蚜蟲，試著推它一下，蟲蟲移動的挺快的，移動中發現它的觸角、小腳及身體的薄膜，有一點像金花蟲的薄膜和觸角，主要有兩種，一種橘色較小隻，橘色較淡的較大隻，且兩側長出明顯薄膜呈圓形。另一種的差異是身上有明顯的褐色條紋，其分布有點像瓢蟲的幼蟲，尾端爲綠色後，逐漸轉深色，且有翅膀狀的薄膜於兩側，尾端亦是，該蟲尾端產生白色絲狀物，新鮮的具有黏性，久則風可吹散（落），部分絲狀物後端有一粒白色球形，像蟲卵，尚未確認是否爲產卵的形態。白色絲狀物是否是其排泄物？這些蟲子可能以吸食汁液爲主，蟲害的明顯可見，相當搶眼，將葉面上一顆疑似無尾鳳蝶的蟲卵風采掩去。

後記：看到原以爲是介殼蟲黏附的小蟲，推它一下，發現其觸角、移動姿態、薄膜，清楚可見其形態，突然感到興奮有趣，乍時著迷，完全忘了是否要除蟲這件事，等到記錄該蟲結束。

我開始尋找有趣的現象，正當我在柚子樹上東望西望時，有一隻蜘蛛出現在我面前，它有2隻不像腳也不像觸角的生長位置，有點像天線般的偵測，我並未看到它結網，它有時將尾端抬起，可能是警示狀態，也有點像跳躍準備姿勢，動作輕盈，跳來跳去，偶爾清潔嘴巴，尚未確認是否會吃樹上害蟲，還是別干擾了。

瓶爾小草

早上閱讀植物圖鑑時，意外發現之前未知名的一葉草就是瓶爾小草，和我猜測相同處是一種蕨類，因爲上方有一處像孢子囊。尤其有一天我輕碰那孢子囊時，乍時散開一堆粒子，像螃蟹在水中產卵的情景，我馬上聯想到這是孢子傳播，那種感覺很妙，因爲一瞬間衆多的生命（卵、孢子），從中四散尋找棲身之處。

這是我第一次在盆栽發現它，可能孢子剛好落腳在這，而又遇水分充足時，其實那盆栽的土壤並不潮濕，且經常乾燥，會有蕨類出現也感到意外。

瓶爾小草的生長情形很好，有時則不常見，突然興起做標本的念頭。我摘下孢子囊和一片葉子（無葉脈，無葉柄），夾在一個筆記本中，擇日觀察，可能使其吸水變乾較好存放（原本想放夾鏈袋，後來想到標本的做法）。

鳳蝶幼蟲

炎熱的天氣還好有陣陣涼風，無尾鳳蝶不經意地飛來，引起我的注意。它上上下下，不會停留太久，發現日日春不是它的目標，飛走一下很快的又飛回，在柚子樹上，不見得是葉片，用尾巴著點產卵。我並未檢查是否每一尾端碰觸之處都有產卵，但我肯定的是，這不是第一回，因爲現場發現葉片上有啃食痕跡，還有1～2齡的幼蟲。

有一分枝垂葉似乎不太對勁，碰一下發現分枝的莖幹基處，剩下微細的莖，有螞蟻在微細莖處啃食。盆栽多了2株不知名的植物，繞了一大圈，柚子樹的葉片被介殼蟲影響的葉片增加，猶豫著是否要採取人爲干預行動。

先看看日日春吧，日日春的枝幹有鳳蝶幼蟲準備於此處成蛹。實在好可愛！讓人驚喜不已，看了許久，最後才發現它停留在那。哈哈！它把頭部頂著乾枯的枝幹頂端，是否發覺我已經發現它了呢，爲了不影響它準備結蛹，以及被鳥獵食的危機，盡量別去干擾它，小心翼翼地觀看。

過了約5小時觀看時，它不見了，毛毛蟲不在乾枯的枝幹上，跑去哪了？咦！怎麼從表土附近爬到柚子樹梢，有可能是營養不足，早上天氣炎熱先換位置，以及結蛹可能被發現等因素。另柚子葉上有1隻飛行小昆蟲停留，腹部黃色，頭胸紅色，短小觸角，膜翅。

蚜蟲

土壤乾燥，柚子樹上葉片布滿密密麻麻的蟲引起我的注意，大都是蚜蟲，原先的介殼蟲也有變多，其中1個葉片中含有幾乎所有蚜蟲家庭，但其中有1隻不知名又不合群的昆蟲。

蚜蟲家庭大約有五種顏色，灰、綠、橘、紅、褐色、咖啡色等，也因體型差異有不同顏色，彷彿在成長過程中會換色，甚至脫殼，葉面上有些留下大量脫殼後的白色碎屑，大致還看得出來是蚜蟲殼，不仔細看還以爲是韭菜的落花，其脫殼的葉面上泛著油光，甚至連日日春的葉片也是，目前尚不知緣由。我試摸一下葉片，確實沾黏油膩，在我拍照記錄時，有一蚜蟲似乎要掉落，但它仍懸空著，好像會分泌絲狀物和黏

性，又溜回去葉片了。

蚜蟲常彼此密集的群聚，有時互相交疊，原以爲圓滾滾肚子的咖啡色是成蟲的最後階段，其實還挺可愛的，走路很扎實。但某一葉片卻出現有翅膀的生物，原以爲有蠅類要吃它，結果是那種咖啡色的蚜蟲長出薄翅，薄翅上各有一條黑線，乍看之下很像尾端長出的小尾巴，我測試它的飛行能力，它尚不太會飛。

一個月後，葉片上仍然留下許多黏漬痕跡，日日春的果實也沾上黏液，還有白色的殼，自從蚜蟲來後，整個植株黏黏的。有些蚜蟲還留在葉片上，但沒有之前那一整片的龐大，翅膀也很多。甚至有一蟲蛹在柚子葉片上，還有絲作固定，白色的絲綢，咖啡色的蟲蛹。

介殼蟲

柚子樹的葉片上附著了許多白色的介殼蟲，有些葉片則看似有一些紫色的斑點，這是一種盾形介殼蟲，葉片狀態並不健康，除了受到無尾鳳蝶、蚜蟲的蟲害，明顯受到介殼蟲吸食影響，葉片捲曲，所餘留下的葉片少。

我試著抓起一隻白色的介殼蟲，放在10倍的放大鏡下觀看，想看那白色物體下的廬山眞面目。原來我們常看到身體的背部是白色的，另一面腹部則是紅色的，帶有白色的橫條紋，還有6隻小腳快速不停的在動，增添趣味。

阿蜂出現

冬日的下午時光，陽光非常美，冬日陽光讓人感到溫暖，有6、7隻像是蜂類的昆蟲，在日日春的花旁四處盤旋，我不知道它的名字，簡稱它爲「阿蜂」。偶爾也會遇到蜜蜂前來，停留了約莫20分鐘，其實花況不佳，明顯可見的只有3朵花，爲何吸引採蜜或駐留？不知其因。其中1隻阿蜂鑽進土壤上的小洞，仔細一看才發現土壤上多了7個小洞，這是先前所沒有的，與那阿蜂的數量相近，這兩者之間可能有我們尚無法正確推斷的關係，洞之間並不完全相近，有的2個接近，有些則遠，甚至有些在土堆之上，還以爲是螞蟻洞。

阿蜂活躍的時間大約在中午12點至下午3點，它們似乎很喜歡陽光，陰天的下午就沒看到其飛舞，原以爲它們一直在飛，結果看著它們洞穴時，才發現它們會回來一下再飛出去。鄰近的3個洞發生有趣的事，其中1隻飛進第1個洞，頭鑽進去，屁股往洞口，它一前一後然後短飛一下，走到第2個洞，洞中好像有另一隻蟲，它退開回第1個洞，第2個洞的蟲，不似另一隻昆蟲是全黑色，它的後腳帶有金黃色的毛，第5、6隻腳是黃毛腳。

一開始黑色的阿蜂好像不只1個家，它走到第3個洞後，又走到第1個洞，洞可能有相連嗎？還不確定，它開始鑽土（挖土），不見它起身，只見它將土推出洞外。不是只有它歸洞回家，也有2～3隻阿蜂回家，但這幾隻與原先不同，是頭先離開洞口，先用頭伸出觸角探觸一下，再決定是否要現在出門。

看著它們鑽進鑽出，十分有趣，地底下的世界是神祕的。

阿蜂活躍的時間提早，這時洞口可熱鬧。每次沒帶工具觀察時，它們總是常露臉，正當拿手機要拍時卻不易出現。目前推測可能有2種蜂類，一種全黑色較瘦小，另一種第3對腳金色且帶毛，身形較胖，看著它們探頭和鑽洞的樣子眞可愛，在洞口露出頭，上下數次後飛出，在它後方緊接著，以倒退之姿退出洞口，又在鄰近的洞口露頭，它們從a洞飛出後可能會直接往b洞鑽入，洞穴同一隻所有？共同居住？這次鑽出的有露出金亮的腳，有拍到拍翅畫面，但整體沒有。有1隻在洞口停留一下，可惜手機沒在身邊，我突然想把它住進觀察箱，這樣就可以不用追著它們到處跑，又看不到廬山眞面目。但我覺得這樣做違反自然。

曼陀羅地還是最吸引我之處，尤其那是坐在休閒椅就可直觀的盆栽，之前修剪的日日春枝條，有部分莖幹已展開新葉，花並不多約2、3朵，但圍繞著日日春和柚子樹的則很熱鬧，「群蜂亂舞」。洞穴的規模愈來越大，數量增加，洞的大小也增加，初步估算約有52個洞，乍看像螞蟻洞，大部分的洞口未加蓋，但我發現其中一隻在鑽入鬆軟的洞口時，用身體輕推洞口，將洞口以鬆軟土覆蓋。

我推測這些經常在空中停留、地下居住的昆蟲是蜂類，我似守株待兔的方式，等待它們進洞或出洞的停留，停留時間很短，可能來不及拍照，若有一天發現它們的眞面目時，我就不用追著它們跑，改用欣賞的態度。

我仍然很想看看阿蜂的廬山眞面目，於是想把它放在昆蟲觀察箱內，會有放大鏡的效果。我本來覺得此舉不妥，但我最後還是抓住它，但觀察效果並不佳。幸好，隔日它們好像明白我想拍或錄下身影，這次停留時間較長，可惜照片仍模糊，但有成功錄影。

大掃除時，阿蜂的活動似乎受到水波的攻勢影響而很少活動，拖地水澆灌在柚子樹盆栽，不知巢穴內的阿蜂在淹水時如何適應。早上在洗葉子時，有一隻阿蜂停棲在葉片上，似乎被淋得落花流水一般。

有一陣子沒見到阿蜂了，剛在想時，就在葉片上發現1隻，難得的停留許久，不用像之前努力地追著身影。其實我們都是短暫的過客，而我盡量記錄會留下的身影及燦爛生命。

基礎觀察

來到一個陌生的地方，你可以對當下的環境狀態與情境進行基礎調查與記錄，日期、天氣、土壤的乾濕度、現場是否有明顯的樹木或石頭或較大型的物體，植物的名稱爲何，有那些生物體或無機物，整體分布位置可以用繪圖的方式，並輔以文字說明。

你甚至也可以選擇一個熟悉的地點，經常性的觀察它的變化。這些變化可能微乎其微，也可能需要長時間的轉變，甚至在短時間也可能會有意想不到的發現。

我選定的曼陀羅地，就有這特色。我回到曼陀羅地，回想過去在這小小的盆栽上觀察到許多有趣的現象，例如草蛉的卵、草蛉成蟲似透明狀的翅膀停棲在樹幹上、發現成堆的蚜蟲及奇特生物、阿蜂、蜘蛛、毛毛蟲等。

阿蜂活躍時經常吸引我的注意力，來看看許久沒有好好觀察（細看）的柚子樹，摸一下葉片就感到塵土，不！其實從外觀就能明顯發現葉表上充滿厚厚的塵土，而這可能會阻礙其呼吸和光合作用，日日春的葉片也是，下次要找一時間來淸洗葉片。

柚子葉的數量不多，大多呈現在一處，分枝的狀況不太健康，樹枝的樹皮有些摩擦，可能是因此而沒吸引有趣的昆蟲停留。韭菜數量微增，形成像圍籬一般，枯葉很多，接近土表處的枯葉交錯，有小森林的感覺。

水黃皮起初是單葉，種了許久才展開爲三出複葉，而且植株小，葉片約5片，蕨類的進駐，讓這一切更多元化，開花多次的七里香，終於著果了，果實有些大約如原子筆頭大。七里香開了很多花，之前多處開花都沒結果，但此時有機會。其他盆栽種下水黃皮和不知名的種子，有些也並非刻意種下，只是放置於土表，結果長出3～5隻小苗，發現時已有3～5片葉片，是心形葉片，很柔軟的葉片，靜觀其變。

此外，有關昆蟲的交配行爲，我發現昆蟲3貼的行爲，好像在疊羅漢，不是往上疊，像排一直線，突破我過往以爲僅限於2隻的行爲。

記錄植物

對植物漸漸有情感，除了視覺的享受之外，主要好像來自觸感，赤腳踏在土壤上，用手心感受土壤的溫度與鬆軟度，用手觸摸葉片、花朵、果實及樹幹，感受那豐富的變化，有粗糙有柔軟、有厚實有薄脆，有細長有寬短，我不只單純的感受，一種科學的特性或植物的特徵，我們的生命彼此在交流。

看著這個植物，我想要多認識它，我開始準備一本筆記本，記錄著我生活周遭的植物。先從葉片開始，記錄葉片的形狀（橢圓形、倒卵形、心形、匙形等），葉尖、葉基形狀，單葉或複葉，生長方向是對生或互生，葉片摸起來的觸感是粗糙、平滑或帶毛等。樹幹雖是辨別樹木的特徵之一，則是較少著墨的，例如樹幹的條紋有縱痕、粗糙等。然而，花朵與果實之辨別度則較大，文字敘述外，若能輔佐圖片較易記住植物特徵。

所以在記錄植物的過程，我也在對這株植物素描，畫下葉片、花朵與果實，甚至包含莖幹。葉片有時會採用葉拓的方式，用色鉛筆拓出植物的輪廓與葉脈，有些較柔軟的葉片則會用水彩塗料印上。

當我完成植物的紀錄時，我對它已有基礎的瞭解，但它就像我的朋友一樣，我仍需有更多的交流，才能更加認識，並增進彼此的情感。

當我們沾沾自喜地認爲認識很多生物的名稱時，其實還有好多物種並不認識，大多是膚淺的知道生物的名稱、外觀、特徵等，對於其生態系統，亦或本身並不瞭解。

例如我曾經記錄的植物之一，日日春，葉橢圓形，葉片柔軟被毛，互生，葉基鈍型，葉尖圓形，葉背之葉脈略爲隆起，呈現淺綠色，莖幹會留下落葉痕，留下一節一節痕跡。花桃紅色頂生，花背爲白色，花瓣5枚，內部一圓圈爲黃色。果實亦有被毛，2個長條狀果莢連在一起，最初爲綠色，成熟時轉褐色，種子爲黑色，小顆的果實內約有10顆種子。

☆現在就開始試著從你周遭的植物開始，觀察你家附近路邊植物，或是你生活周遭所親近的植物，如果鄰近處沒有植物，就走更遠一點。看看植物的葉片、花朵、果實、莖幹等，你可以用眼睛直觀（甚至加上放大鏡觀看）、用手觸摸、用鼻子嗅聞，寫下或畫出植物的特徵，以及植物周遭的環境與生態。

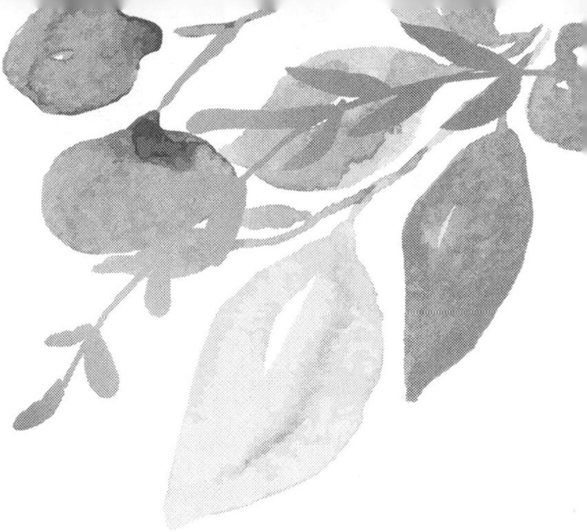

第三篇
自然的感動與頓悟

順其自然，人生自有領悟。親愛的，每天都是靈魂的精心創造，感受生命帶來的禮物，尤其是大自然的奧妙，充滿驚奇與豐盛，其文字所能表達的內涵有限，所感受到的震撼，是言語所不能及。

第一節　頓悟

求之不得，不求而得

種瓜不一定會得瓜，可是沒有種下這個瓜的種子，就沒機會看見它未來成瓜的模樣。

有時很想得到，就偏偏得不到。例如想看到某種鳥，張望了很久，它就是不出現，沒有想要看到它時，偏偏出現在面前，而且還很淸楚。

我在野外觀察時，經常遇到這種情況。大自然往往不是要符合你的期待，而是帶給你驚喜，經常在你不經意、不刻意的情況下，發現你之前從未看見的生物或現象。例如下雨過後，較容易發現菇類，雖然一開始隨意在草地上發現了三朵菇，後來頭低低的望著草底，四處尋覓菇類的蹤跡，卻也遍尋不到。下雨過後不是容易長出菇嗎？眞是可遇不可求啊。

父母的關愛

「烏鴉還知返哺，羔羊尚且跪乳」。我有時看到成鳥爲了餵食幼鳥來回奔波，或是有些生物背著小孩到處走，甚至用身體的能量保護支撐著幼兒生存，都讓我感受到做爲父母的偉大。

動物寶寶們很需要父母，沒有父母辛苦地捕獵食物，提供安全的庇護，寶寶們很難長大。動物寶寶小時候很黏父母，尤其是媽媽，需要媽媽時聲聲呼喚，長大後不再需要黏在媽媽的身旁，甚至置之不理，媽媽感到落寞與寂寞。

在動物界是如此，人類的世界也雷同。父母爲我們做出如此多的付出，我們爲人子女到底做了些什麼。

我想知道的答案會在適當的時間知道

今天就不回顧過去需要克服的課題，心靈上又遇到衝擊，決定給自己一個寧靜的下午沉澱，做這個決定會猶豫，後來覺得這個決定是正確的，情緒一上來似乎需要一陣子的時間才有辦法慢慢的平復，情緒已超出實際發生的點，好像是積壓的情緒被某一事件所引爆，若說是壓垮駱駝的最後一根羽毛，也不爲過。

外境是內心的映照，外境發生讓人生氣與悲傷的事情，是否表示內心有個生氣又悲傷的內心呢？走了一會，想找個寧靜的地方坐下，突然靈機一動，決定在水黃皮的樹下坐著。風似乎療癒著我，穿透我每個細胞，我不禁靜坐下來，擺起姿勢，用心感受風的吹拂，感謝風賜給我力量。因感到刺痛而無法靜下來，對不起，請原諒我，請原諒憤怒的我所下的詛咒，我願意原諒傷害我的人，我願意取消詛咒，我要放過別人，也要放過自己。

我不再緊緊抓著煩惱與痛苦，更要放下造成這些結果的因：執著。而這些執著的背後隱藏著恐懼，因爲害怕，所以抓著不放，深怕放手就會跌入萬丈深谷，放手吧！不會跌入萬丈深谷的，這讓我想起佛教著名的故事。

心情稍有回復後，下午茶買了杯飲料，店員遞送我1張卡，而那張卡似乎恰好反映內心的心情，那張卡叫做恐懼。最後要離開之前，我坐著躺著，環顧四周，我坐的地方有2顆種子，像水滴狀，中間一垂直線，顏色與形狀像烏魚子，原以爲像孔雀豆。

這似乎是上天給予我的禮物，要帶給我什麼樣的訊息，我目前尚未得知，作爲觀賞用或種植，也還沒決定。

我想知道的答案會在適當的時間知道，我終於知道那就是阿勃勒的種子。某日在凹子底森林公園散步，一開始明明天氣很好，出太陽卻飄著小雨，走著走著，我抬頭望著阿勃勒花海，好奇它的種子，果實很硬不好破開，只好用果莢打，果夾斷開發出難聞的味道，果莢內部有黑色軟夾膜，濕潤又臭（聽說味道是甜的），兩片黑色夾膜內有一小顆種子，我仔細觀察種子，水滴狀且中間一垂直線，酷似烏魚子，我終於明白我想要知道的答案，這也成爲我展開撿果實與欣賞樹木的開端。

蹲在阿勃勒樹下，有新的發現。一隻尾端藍黑條紋的可愛昆蟲，在我面前飛來飛去，我拍了好幾張，還好終於有幾張拍到身影。這隻似過動兒的可愛昆蟲，我仍記得它吸番茄花蜜時的迷人模樣，全身鑽入花朵中，似用力親吻般的，啵一聲，讓我印象深刻。我一直很想知道這是什麼昆蟲，原先我以爲是透翅天蛾，後來透過照片詢問專家，才知道這是青條花蜂。

第二節　感動

十大感恩

一、謝謝有舒壓的音樂讓心情平靜。
二、謝謝你無論在任何情況下都守護著我。
三、謝謝你，我親愛的細胞，在主人還沒爭氣或負面情緒的時候，你努力的工作讓身體維持正常運作。
四、感恩今日平安的度過。
五、感謝我總是得天時地利人和之便。
六、謝謝我有個溫暖的家讓我無後顧之憂的安眠。
七、謝謝我還有健壯的身體與足夠的時間去實踐理想。
八、謝謝你放手讓我去做。
九、謝謝能眼看美麗事物，聽美妙音樂，做該然之事。
十、謝謝父母對我的愛與照顧。

感恩上天給我心靈的豐富，帶著滿滿的愛溫暖心頭，謝謝我很平安，而且一切都很順利，生命富含著喜悅，感謝上天總是以我預期或預想不到的方式在幫助我，感謝你一直在我身邊，支持我，鼓勵我，守護著我，愛著我。

植物朋友

我聽不到或看不見的事物，並不代表就不存在。植物的朋友們好似沉默寡言，我想謝謝它們的沉默，不然我會因這過多聒噪的聲音而難以入眠，但說不定植物彼此間已默默交流了好多遍。

我經常聽不懂植物的語言，我仍試圖與它們對話。尤其在我內心困頓時，我向大自然求助，請賜給我力量，請給我指引方向，給我心靈的指引。雖然當下我沒有立刻解開心中的疑惑，但這解藥的種子似乎已種下，有一天我豁然開朗，我終於明白我想知道的答案。

當我內心疲累難過時，我好像聽到植物們在對我說安慰的話，我感受到它們滿滿的祝福。謝謝你，親愛的植物朋友們，我很感謝有你們的陪伴，有你們滿滿的支持能量。

自然情感

自然生態環境會療癒身心，進入山林吸收芬多精或種些盆栽植物，這些行爲讓我們感到放鬆，猶如被自然的母親親吻了，在過程中身心感到心情平靜與喜悅。

不見得要大老遠的跑到山林追求寧靜。路邊的野草、住家的盆栽植物及公園的樹木，讓人感到生命活力，每當花開時令人賞心悅目，結果時令人驚奇不斷。在日常生活的周遭也能感受到自然的豐富。

沿路一堆落葉，走在落葉上，發出淸脆的聲響，來自自然界的聲音，直達內心。我的嘴角微微上揚，我感受到大自然在與我對話，我用全身的細胞，以及內心去感受自然要傳達給我的訊息。

親愛的大自然朋友們，喜悅時想和你分享，失落時想與你對話。在某次感到失落的情緒下，走在林道之間，不禁想抱著一顆大樹，我用雙手環抱著樹，向它訴說內心的不舒服，它感受到了，也給我滿滿的安慰。謝謝你，總是給我滿滿的愛與力量。

在一段關係中，你可能會在意誰貢獻較多，或是誰比較愛誰。我無意與任何志同道合的朋友，或號稱專家或大師者比較高低，我明白比較高低是毫無意義。我也不推崇大師，若能點燃十萬盞對自然的愛，甚至更多，那將更勝於一盞較爲巨大的光芒。

對我來說，大自然是我的父母，孕育滋養我們，而不求任何回報，這份深情與恩情，我無從回報。對於自然的深情款款，若我能說出我有多愛它，那麼愛是有限的，文字語言的表達也是有限的。

種樹的人

看了一部種樹的男人的影片，內心感到衝擊。影片的主角將蒐集的銀葉樹果實丟向祕密基地，期待未來果實發芽成爲樹林。我也想要這麼做，將蒐集的果實丟入祕密基地，或是先育苗後再行移植栽種，或許改天會翻拍一部爲種樹的女人。

我們努力播種，埋下希望的種子，希望未來會有好的結果，這成果是否由我們來收成，這並不重要，重要的是我們無愧於心，選擇做對的事，不留下遺憾。

一種思念——親愛的，你去哪了

親愛的，你去哪了？爲何尋不到你的蹤影。習以爲常的以爲你總是會出現，直到有一天再也尋不見你的蹤影時，內心滿是懷念。我想你可能去了遠方，有一天或許會再見，我尋不到你的蹤影，不知道那兒找到你。你停留在我的心裡，有時浮現在日常生活的經驗中，當我想起你時，你就出現了。

我認爲能終身陪伴的就是自己與大自然，親愛的人事物停留在生命中片斷的經歷，也許是1個月、1年、10年、70年、陪伴你成長的床墊、房子、電腦、動物、植物、昆蟲、朋友、家人等人事物。在彼此相處的歲月中，我們容易習以爲常，我們曾一起珍惜相處的時光，直到有一天淡忘，回過身時才發現你不在了。

我內心油然升起一股哀傷，但我的內心很平靜，我明白不是他不在了，他一直都在。

我要分享一段與昆蟲相處的短暫時光，謝謝它給予我美好的回憶，更讓我體會到不論是昆蟲、動物、植物、人類，珍惜你面前的人事物，錯過了就難以回去。

有一天阿蜂進駐我家的盆栽，一切變得熱鬧非凡。盆栽的土表上出現地洞，地洞外堆起了一點點的土堆，我感到好奇，仔細看著地洞，沒有任何動靜，我計算著地洞的數量有5個，等一會兒，1隻阿蜂鑽入洞內，以頭部或尾部離開洞，有時發現它在鑽土，我才知道洞口旁的土堆原來是這樣來的。

阿蜂的數量逐漸增加，開始呈現一種群蜂亂舞的現象。阿蜂的地洞越來越多，已增加到10個以上，不只在地洞活動，更喜歡活躍於日照的環境，環繞著盆栽中的植物飛舞，很少停留在一處許久，也未見到它採取花蜜。

當我放棄所追尋的目標時，目標自然地出現在我眼前。想要留下阿蜂迷人的身影，我試了好多次想要拍下它的身影，總是不盡如人意，當我不想拍照時，它偏偏停留許久在我面前。當我改用欣賞的態度，而非追著它跑時，它反而較願意靜下來。

我開始採取守株待兔的方式，靜候它的出現，觀察它在洞口的行爲，並採取錄影的方式，終於成功記錄到阿蜂鑽入洞口後又飛出去的生活型態。

就在我對熱鬧的阿蜂習以爲常時，我很少去關注它，直到有一天我發現它沒有出現在盆栽附近飛舞了，我才明白，它已遠去。

就在它遠去約一年，土壤的洞數量增加，黑色的螞蟻在洞穴穿梭，堆出細土，不時嘴裡還含著食物。

幸福青鳥

一心嚮往森林安靜的氣息，沒想到森林中也增添人氣與熱鬧，原來平常的平淡生活才是最愜意與舒適的，在平日熱鬧中可以取靜，靜中亦可取鬧。溪頭二日行中發現，原來一直在找的幸福青鳥就在身邊，就在平淡的生活中，而我們卻焦急的不停向外尋找。

今早突然感觸到摸著植物葉片的喜悅與驚喜、樹木莖幹的平靜安定，玄外之音，似乎聽到樹木的聲音，樹木的內在澎湃波濤令人震撼，回想到野性的呼喚。謝謝你，我的守護天使，我是平安的，我是喜悅的，我是被愛的，我是自在的，我是平靜的。

大自然賜予我們如此豐富的資源，感恩有水可以洗熱水澡，舒服地躺在冷氣房中，睡著溫暖的床被，家人親切的陪伴，好吃的食物，順暢地呼吸著，每一刻充滿著愛。

每一刻都不要離開愛、喜悅、平靜與自在，相信我，如果生活中充滿著愛、喜悅、平靜與自在，那麼生活定是充滿能量，心靈是暢通的。

我坐在水黃皮樹下沉澱

植物是我們的好朋友，有情感的交流，是珍貴的、甜美的。

我坐在水黃皮樹下沉澱，靜靜地感受自然的美好，就像在和老朋友敍舊，很舒服自在。

我和水黃皮很有緣。在我還不知道這棵植物就是水黃皮之前，我就受到它的吸引，經常看它，直到我終於明白它就是水黃皮時，突然有一種「啊！」，原來就是你。彷彿我們就是認識很久的好朋友，於是我開心時來這棵樹下欣賞美景吃美食，傷心時來這裡沉澱心情。

有一日我到另一個地方去探索，覺得這裡風景優美，微風吹拂，就找了一顆石頭坐下，望著前方的美景，心曠神怡，此時抬頭看上方，發現原來我又坐在水黃皮樹下。

第四篇

自然＋生活＋環保

第一節　自然與生活

享受自然生活

很難得是在白天來打字，本來正在猶豫是要手寫還是用打字的，竟然電腦已打開還可以順便聽音樂，就用打字的吧。現在戶外很明亮，也是寫作很好的環境，午覺醒來覺得精神不錯，一陣一陣的涼風吹來，覺得很享受。靜靜地感受風的吹拂，發呆看著門外的植物，唱出心中的聲音，寫作、繪畫或是自我對話都是一大享受。

我很感謝生命和大自然帶給我的豐富，原來生活中有這麼多喜悅的事。雖然疫情期間不能外出，有較多的時間都要待在家裡，卻有更多的機會獨處或做自己喜歡的事物。

向內觀照，覺得自己更幸福更快樂了。感覺這是上天給我們的禮物，我覺得自己好幸福好快樂，能夠享受涼爽的風，能夠喝到好喝的木瓜牛奶，吃到好吃的芒果，吹著涼快的冷氣，很多很多，原來我的生活中有這麼多美好的祝福，美好的體驗，眞的非常感謝。當然我明白疫情對社會大衆帶來了衝擊，我也不希望這衝擊持續太久，也會期待未來可以去旅遊或一些社交活動，但我很珍惜這段和自己相處的美好時光。

聆聽大自然的音樂，感覺純樸許多，社會上的勾心鬥角、爾虞我詐，在大自然的沉澱中都不復在，只剩鳥語花香。

有點累了，想躺在你的懷裡，把所有煩惱、擔憂、恐懼都放下。當下很幸福，雖然不可能十全十美，但總有美好的人事物。

今天感覺很適合靜下來看書，也適合靜下來規劃，我選擇規劃，但在規劃之前，先在感恩時刻寫下感恩之語，感動到落淚。眞的很感謝，如果沒有這些力量的支持，怎麼會有現在的我。

下雨的日子，偶爾會放晴，靜下來聆聽雨聲，什麼事都不做，也是一種享受生活和感悟內心，不見得要把自己搞得很忙碌才是精進。

野果樂

蒐集果實成爲我日常生活的一部分，也是我理解自然生態網絡的途徑。植物於開花及結果的階段，最易辨識植物的特徵，花開雖然美但不長久，終究會花落歸於塵土。果實則不同，果實不只外觀具有特色，還可以存放欣賞，進一步觀察果實內的種子，或是種下希望的種子，觀察種子發芽成爲樹木的過程。這吸引著我隨時隨地觀察果實、採集果實及記錄果實。

走著走著不論到了哪裡，路邊的野草也好，公園的樹木也罷，甚至是地上的盆栽也不例外，都是我觀察的對象。

發現果實有時需要一些機運，彷彿是上天所賜予的禮物。每次路過看到植物時，未必是該植物的結果期，它可能呈現一堆綠葉、葉片轉色、葉片全掉光、正在開花、花正凋萎、結出幼果、果實成熟、果實掉滿地等多樣的狀態。仔細觀察每個植物於不同時期的樣態，都有不同的收獲，而果實的觀察與採集是最令人感到滿足與收獲。

去做覺得對的事，不必在意別人的眼光。旁人看到怎麼有人在地上東撿西撿，難道此人撿到什麼稀奇珍寶嗎？不是，這些果實大部分不能吃，沒有金錢價值，但我視爲珍藏，小心翼翼的將果實放入塑膠夾鏈袋中，作爲後續的觀察與回憶。

要留下採集果實的美好回憶。記錄方式有很多種，我採用拍照紀錄果實的外觀，文字敘述當下觀察的狀態，謹慎採集所需的樣本作詳細觀察，用色鉛筆描繪當下的情境與植物外觀，讓野果的觀察紀錄更加多采多姿。爲了後續進行果實的辨識與追蹤，於夾鏈袋貼上標籤，標註日期、地點及植物名稱。如屬無法辨識植物名稱者，我通常會先概述植物的特徵，上網查詢比對植物的葉片、花或果實特徵是否相符，確認植物名稱後再填入標籤。

果實的採集與記錄讓我回味無窮。若能順利地取下果實，並長久存放供日後觀察，眞是一件幸運的事。果實會呼吸具有生命力，能否長久存放，需要考慮環境因素及果實特性。環境因素方面，果實在潮濕的環境中特別容易發黴，過去經常將蒐集到的果實直接放入塑膠夾鏈袋，結果袋中產生水氣，往往發現時果實已發霉，甚至爛成白色漿果。卽便外表看似乾燥不含水分的果實，內部仍可能存有水分，如海檬果、珊瑚樹及小葉欖仁等，建議日曬多日後再放入夾鏈袋或玻璃罐保存。

果實特性方面，漿果不易保存，漿果含有果皮、果肉、水分及種子，存放果實時，需要做出取捨，通常需要破壞果實的外觀，取出種子，以種子的方式保存，例如苦楝、蒲葵、小葉厚殼樹、七里香等。果實的保存很重要，是日後觀察的基礎，爲避免果實發霉，建議對果實進行乾燥處理或直接取出種子。

找尋果實、採集果實、觀賞果實及取出種子，每一項都有不同樂趣。自己動手剝果實取出種子V.S直接在地上撿到種子，是截然不同的感受。以孔雀豆爲例，撿到地面上完整的果實，開始取出種子，可以感受到果實的完整，而取出乾淨新鮮的種子時，感到驚喜，因爲根本猜不出來原來種子是這樣。另一種直接在地面上撿到種子，則覺得很幸運，不勞而獲就取得。以中東海棗爲例，新鮮果實先去除果肉，水洗後曬乾，經過繁複的人工處理，遠不及自然日照乾燥而成的果實。

觀察果實標本，意外發掘大自然帶來的驚喜與奇妙之處。一個鐵盒內放著蒐藏的種子，有鑒於過往的發霉事件，預計每個月檢查種子是否發霉。打開盒子時，不只有奇特的味道，還有驚喜，驚訝的還在後面。盒子的邊框有白色絲狀物，起初以爲是發霉，仔細一看，是昆蟲吐出的絲網，綿密的網中還有一隻蛾困死在內部，正當要清理白色絲狀物時，跳出1個活的生物！它原本黏在吐出的絲網中左右擺動，是個蟲蛹。這個蟲蛹曾在高麗菜上發現，是蛾類的蛹，上半部深褐色，下半部紅褐色，大小形狀有猶如2粒米，追其源頭是來自瓊崖海棠的果實。

看起來了無生機的果實標本，竟然蹦出1個活的生物與死掉的昆蟲。我記得當初並未將蟲裝進袋內，檢查該果實上有白色絲狀網，果實上方也有洞，用來裝種子的夾鏈袋也有洞。以偵探的精神推論，昆蟲在果實內持續食用，吐絲繭，化成蛹，蛻變成蛾。爲了生存，用盡全力，用力地將塑膠夾鏈袋咬個破洞，可惜盒子猶如銅牆鐵壁般，飛不出去，最後困死其中。

自然生態如此奧妙，不只是欣賞、採集、記錄及觀察野果，更重要的是用心去感受，才能體會自然的奧妙之處。

「無心插柳，柳成陰」。在踏上野果觀察之旅前，從未想過我會從中得到如此多的喜悅與收穫，這比看電影、吃大餐及任何娛樂活動，更讓人內心感到充實與滿足。

從欣賞果實、蒐集果實、紀錄果實到觀察果實之過程，果實不只滋養了鳥類、昆蟲或其他生物，更豐富我們的身心靈，讓我們沉浸於自然環境中療癒身心。

大地變化

清明節前後，炎熱的太陽，乾旱的天氣，已多日沒有下雨，部分區域呈現缺水危機，依賴雨水的生物（動、植物），也受到生存的考驗。清明時節沒有雨紛紛，今年的雨水可能也會比較少，雨水太多或太少，對植物的生長可能產生不良的影響。有些跳出框架的思維浮現，或許這是多數人類的整體思維所呈現，氣候變遷也是。焦躁不安的心，不寧靜的心，怒火的心，映照這一片乾旱的情景，還好有風、雲、夜晚增添柔軟的力量，每個美好的祝福在滋養。

日日春花朵盛開，柚子樹一如往常，或只是沒察覺到有何不一樣，我們感受需求有部分相同，但如何詮釋卻又不同。

接近夏至時，早上陽光普照到田裡時，土壤非常濕潤，但中午的此刻卻特別炎熱，偶有一陣清涼的風，大地似被燒烤一般，赤腳踏在烈日下的磁磚地板，燙得直跳腳。土壤乾燥，前幾日大雨的水分似被晒乾，有部分植株呈現缺水狀態，大地如此之快又呈現乾渴，如果有涵水力之樹木，則可減少水分散失，小草也有提供一份力。

乾旱與潮濕的轉變如此之快，在如此炎熱的天氣，又讓人懷念涼爽或雨天。

生物價值

萬物在自然生長，有時出現驚奇，有時日復一日，但這可能只是從人類的角度而言，由生物角度來看，或許每個細胞都在努力工作，而且過程中也出現一些挑戰。生物界之方言，我未能分辨與意領，但透過靜心的觀察，我試圖與它們對話，且從中獲益不少，在精神上或生理上都有助益，原來這一切並非理所當然，感謝大自然帶給我們的豐富。

今日害蟲（某一層面來說）與植物的抗爭正在上演，我可以選擇干預或順其自然。一般而言，若覺得植物的生存受到危機時會出手干預，平時則順其自然。蚜蟲正危害柚子的嫩葉，我試圖灑水看有何變化，或許有降低吸食效果，不過效果可能有限。

我想任何生物都有它存在的價值與意義，即便對我們而言沒有益處，甚至是帶來破壞的生物，都有它存在的特殊意義。

言至於此，也許有人會感到憤憤不平，例如站在農夫的角度來說，天牛的幼蟲鑽入果樹的樹幹，害農夫辛苦種植的果樹枯死，眞是可惡的昆蟲，要想盡辦法撲殺它。

以生態系統而言，每個生物都有其獨特性與價值，並非害蟲就需趕盡殺絕，而是生態平衡之考量。在健康生態環境下，生物會自然達到和平相處的平衡狀態，生物間彼此的共生關係或食物鏈連結，一種物種為了存活，卻害另一種物種滅亡，是生態的一部分，是生命的自然循環，某個物種抑制了另一種物種的數量，保持一定的平衡很重要。

這很難說誰對誰錯，甚至是沒有這二元的對立。

自然美感體驗

用心感受自然有很多種方式，你可以在樹下，輕輕地觸摸樹幹，你可以將你全身的重量安心地依靠著，樹木支撐著你的體重及內心所有的壓力，你可以深深地吸一口氣，然後緩緩地吐出，再做一次同樣的動作，這次閉上眼睛，用身體感覺陽光的溫度，用你全身的細胞感受風吹拂在身體的感覺，嗅聞土壤與樹葉的氣味，聆聽風吹打樹葉的聲音、蟲鳴鳥叫的聲音，然後緩緩的睜開眼睛，看著這棵樹以及它所在的環境，仔細看著樹幹的紋路、葉脈的走向、與樹木相連的土壤，再深呼吸一口氣，對它說對不起，謝謝你，我愛你。

如果再加上味覺的體驗，找到可食用的植物果實，品嚐到果實的滋味，那麼你已用了五感去體驗自然。

你可以再更進一步用雙手環抱著樹木，打開內心的感受，此時，時空沒有界線，你猶如進入這棵樹，了解它的前世今生，開啟樹木內的旅程，你看見了自己。

有人說心靈是自己最佳的老師，自然也是我的導師，現在所學習的並非學校教的，也不是家庭教育的，我豐富的感知能量是大自然教我的，是它教我尊重生命、體驗自然帶來的豐盛。

回頭是岸

爬山的過程中，我的腦袋突然迸出了一些聲音，如回頭是岸、回首來時路、選擇正確道路、很多的抉擇、不斷的反覆試錯、計畫與期待不符合、這就是我需要的、盲點。以下就讓我串連這些詞彙，寫一下爬山故事。

爲了避開危險性較高的地方（途中有人說a線太危險、建議走b線），我們選擇由b線上去，但我們錯過了往b線方向的轉折點，結果到了難度很高的c線，也是充滿危險，過程中有些路段充滿挑戰性，我不確定能否克服，但還是硬著頭皮闖過去了，有很多叉路，面臨許多抉擇，做出決定後發現這是一條行不通的路，又再換另一條，不斷地在嘗試錯誤，迷路很久，因爲不想要回到c線那個讓人恐懼的挑戰路線，所以一直想從c線找到出口，心想沒有到目的地沒關係，平安回歸就好。最後嘗試到只好放棄c線，回去原先道路上試著找到b線的起點，往下山方向前進，遇到一位山友，聊天過後才找到b線，回首來時路，心想也許老天爺是想和我們說，年輕人啊，不正確的道路不要再鑽了，回頭是岸，選擇正確道路。下山路上，發現計畫與期待不符合，只能坦然面對，內心浮現不想走下去了，結果滑了一跤，好像印證這就是我需要的，也許過程中多留意，有些盲點則要透過沉澱自己才有辦法突破。這次路程很驚險，還好山神有保庇，感恩。

平淡生活

今天突然有所感，本來期待的活動，現在沒有那麼期待了。

以前總是期待一些旅遊或是參加有趣活動的日子，充滿期待，期待著旅遊的那天，有許多吃喝玩樂的過程，等待那天的到來，然而心中懸掛著期待，並不快活。相對地，熱鬧繁華的生活雖然好像很充實，平日淡泊的生活反而比較快樂，比較自在。

珍惜把握身邊的人以及擁有的幸福，每天平淡的日常也有讓人感覺幸福的時光。現在我感受到外面美麗的陽光，還有微風徐徐而來，我靜靜地坐在椅子上，憶起過去的快樂與悲傷，感受現在屬於自己的寧靜片刻，平安就是福，內心升起感動與幸福，感恩每個時光，有無盡的愛陪伴著，陽光照進心中，感到內心溫暖。

道法自然，「與涓同入，與涓同出」，順勢而爲，與萬物無爭，其道在自然中體悟，無法言傳，謂「自然」，亦也自然而然。

每天不斷地累積精神能量，用心體會豐富的大自然，自然而然，讓人謙卑，因爲我們對它們知之甚少，又從中獲得許多感動，生命承載滿滿點滴的能量。

自然聲景

多雲天氣，太陽偶露眼，有時陽光穿透雲層，還好有風吹來，不然感到炎熱，走在柏油路上發出喀搭聲響，兩旁的田菁發出化學訊號傳遞訊息，體內水分也會因氣候、土壤乾燥等環境因素，發出不同聲音，機器運轉、工廠運作及車輛是較大聲音，鳥從空中飛過發出清脆叫聲，除此之外，呈現寧靜狀態，再過半小時，太陽開始照耀地表。

自然界的聲音很熱鬧，有些聲音很微小，有些則很聒噪。下雨天時青蛙開心的蛙鳴，呱呱叫的交響樂，有時覺得是聽覺享受，有時則覺得聒噪不已。微小的聲音如樹木間的水分傳輸，一般無法直接用耳朵傾聽，若有聽到或許可以感受到水流動的活力，與熱鬧繁忙的運作。

市區生態探索

「今天是美好的一天，我的心洋溢著喜悅，因為生活中充滿美好的祝福」。

感謝「總是得到天時地利人和之便」。今天的行程十分順暢，天氣沒有很炎熱，也沒遇到下雨，時間竟也恰巧如心中所想，時間搭的很好。第一站原生植物園，終於遇到孔雀豆的落果，穗花棋盤腳的花一朵朵掉落在土地上，很美。

在菩提樹下用餐，夜鷺聽到我吃飯的聲音，朝我走來，距離我約三大步的距離停下，我和它大眼瞪小眼，直到我吃完了，它就飛走了。吃完飯去圖書館前，榕樹的果實打到我的頭，讓我感到驚喜。

我完成來此的目的。回到中央公園採集到那個果實，買了點心和飲料，來到老朋友的面前，享受美食與風的震撼，遠方的風轉大，呼嘯而來，每個細胞都在震動，樹木的黃葉也翩翩落下。

感受到好多人的祝福，內心感到溫暖。

第二節　環保與生活

空調

我們的生活形態越來越離不開冷氣，尤其是夏季，天氣越趨炎熱，冷氣的使用時間越長，耗費的電力也更多。吹冷氣不只耗電，也會產生溫室氣體，還會將室內的熱空氣排到室外，而使整個環境的溫度升高。所以天氣炎熱時，使用冷氣讓室內降溫，結果導致天氣更炎熱，形成惡性循環。

自然環境本身就有降溫的能力，突來一陣涼風，讓我聯想爲何不多吹自然的涼風，少吹冷氣呢？

若透過設計自然減少室內的溫度，多感受戶外的涼風，減少吹冷氣的時間與依賴，或許環境會越來越不炎熱，而成爲更適宜居住的環境。

減塑

塑膠污染的問題隨著海洋垃圾的議題受到關注，讓人更加重視源頭減量方式，而建立零廢棄的社會型態，未來可能是現今最佳的解決方式。很多東西可以減少一次性包裝，當你購買食材時，是用玻璃罐或塑膠罐或其他材質？不論什麼材質，當重複使用時，垃圾量會降低許多。零廢棄的理念充滿理想，也受到嚴苛的考驗，若不強調完全零廢棄，而是盡其所能將垃圾量降至最低，若能減少現有垃圾量的九成，就能對環境有大幅改善。

以生產者的利益來看，並不樂見於此。減少垃圾量可能意味著減少購買，生產利潤會下降，而企業不應只考慮利潤，應具有良善的企業生產者責任，以對環境友善的方式製造產品，於製程中降低對環境的污染，選用對環境友善的產品，以鼓勵生產者採取環境友善方式。

生質材料充滿爭議性。如果採用容器盛裝飲料，在塑膠瓶和玉米混合材質的瓶子中選擇，你會選哪一個？

若最終兩者都不能循環利用時，使用生質材料將可能導致更浪費土地與水資源。就像曾經一度以爲生質能源或材料，是比較乾淨的能源，但生產過程對環境的傷害可能超過化學物質，甚至回收再利用的材質也不見得較好。

使用回收粒料的產品掛著環保的招牌，但生產過程中亦可能產生污染，例如塑膠要先分類，然後因清洗產生的水污染，熱熔製程中產生的空氣污染和毒物。花費金錢、人力及環境成本，因此，仍然建議降低產品的使用量，提升重複使用率，朝向零廢棄的方式會更佳。

環保向前還是後退

近年來環保意識逐漸抬頭，然而環境壓力則越來越沉重。過去對於環境破壞的行爲沒有設立專法，也很少辦理有關環境的遊行抗爭、教育活動等。即使現在採取更多的環保作爲，但對於破壞性的行動，我們是否足夠挽回那些被破壞的環境，避免再度地破壞環境。

某日晚上，行走之間，看到一些人在倒垃圾，現今的社會生活型態，垃圾總是要有個去處，沒垃圾丟也會很煩惱。不像過去社會，沒有太多的塑膠垃圾，大部分的垃圾可就地掩埋。

雞蛋，一般情況下，雞不常下蛋，且下蛋後不久小雞孵出來了。而現今社會對蛋的需求量大，雞可能要每天下蛋，又有一些雞住在格子般大小的籠內，生活空間小，又面臨龐大的生產壓力，容易生病死亡。相對的，肉類的需求量也很大，而食物的浪費情形，導致產生過量的肉類，不但增加更多的溫室氣體，也消耗土地資源。

對於這些動物來說，能夠存活的時間減少，生活的幸福感降低，甚至把它們當作是個生命來對待的人更少。

我們的慾望太多，這些過多的慾望，燒掉我們多少美好的生命與資源。對於未來的生物福祉，內心不禁感到擔憂與憂傷。

飲水當思無水之苦

也許在我們缺乏水資源、沒有水喝時，我們才眞正警覺水如此可貴。難道我們要等到失去時才懂得珍惜嗎？

我想要提早預防，就像預防疾病一樣，我們也可以採取一些行動，預防地球環境生病，減緩資源耗竭，避免缺水情形發生。

112年，天氣並沒有照著節氣走，也許這並不是第1年才發生，但我有深刻的感受，尤其是每年的驚蟄都是我期待的日子，春雷響起，萬物復甦。

我沒有等到雷聲捎給我的春天訊息，我期待著蟲蟲們的交響樂曲、曼妙舞步，少了這春雷，就好像少了個朋友來熱鬧。

到了清明時節，還沒下雨，古時提及清明時節雨紛紛，沒下雨可能代表著今年的雨量偏少，面臨缺水危機，甚至還要祈雨呢。

俗話說「人如果不照天理，天就不照甲子」，我們如果不順應天道，違背自然，老天爺看不下去，節氣無法正常運行，氣候異常將影響我們的生活。最後倒楣的是

誰，是我們啊！

我記得曾有一言說中目前推行環保行動之主流趨勢，係因爲與自身的利益或健康相關，而不是爲了環境保護而推動，因若不採取一些環保措施，經濟利益會受損，會對健康造成危害，甚至可能會有災難，面對環境惡化產生的負面影響，而不得不的作爲。

面對氣候變遷，我們該悲觀還是樂觀？

我們有各種不同的角度來面對氣候變遷議題，選擇荒野還是生態都市？以半個地球還是整個地球作爲人類活動的空間，是保留大量的原始生態環境，只供野生動物使用？還是選擇讓人類與野生動物和平共處在同一環境，例如在都市中，也經常能與野生動物交流？

我認爲野生動物若能與人類和平共處，我們可以經常感受到野生動物的出沒，卻不應干擾影響野生動物的生活。保留野生動物的生存環境，需要較少人爲干擾的環境。

我看到有些各行各樣的人，甚至有些小孩或是年輕人，在小時候就有環境保護意識，在年輕時就做出許多環境保護行動。我經常問自己1個問題，我能爲這世界做些什麼？愛護地球、保護環境有很多種方式，我想要出版一些有關環境的書籍、發表演說、帶領體驗課程，促進大眾從心靈上喜愛環境、愛護環境。

環保議題具有多種面向，不同立場採取的角度也會不同，這可以說沒有絕對正確的答案，但需要我們每個人採取行動，爲未來美好健康的環境而努力。

環境保護措施之建言

我記得有個輾轉反側的夜晚，有個強烈的聲音說，不要老是在心中掛念著環境保護，卻沒有去做。隔日一早，我將心中的想法寫下，並寫電子郵件給環保團體，內容如下：

某天看到2015年環境議題報告，有以下想法供參：

環境議題太大牽涉層面亦廣，但總可以往一些層面去著手，環境影響生計亦影響生存，現在環境影響生存的問題越來越大，不可或缺的水資源短缺，亦影響糧食短缺，而糧食短缺亦非僅受到水資源短缺影響，糧食浪費與糧食作爲飼料增加森林砍伐等等，亦是目前需要思考的問題。如何減少糧食的浪費及有效保存水資源，我覺得除了透過環境教育的方式減少不必要之浪費，由消費端、使用者先行著手，另增加水資源保存的能力與儲水方案。

科學數據雖然可供企業和政府採取策略之參考，雖然數據很驚人讓人注意到這個環境議題，但時間久了還是會被人們淡忘，而需要每隔一段時間喚醒大衆對環境的關注，若要有長期且深切的關注環境，我認爲直接接觸環境遭遇的問題，實際體驗環境遭受的變化，用心感受促進心靈環保，是環境保護永續的重要一步。

事隔多年，我仍然認爲心靈環保是環境保護永續的重要一步。

過去面臨的環境問題挑戰，現在的情況又更加嚴峻，我們採取的行動也更加的邁進腳步，但在我們忙碌地追求認爲有效減緩的行動時，我們的心中是充滿對環境及萬物生靈的愛嗎？我們是由愛爲出發點嗎？

如何身體力行實踐環保，自然而然，有很多種方式。我們鼓勵人們喜愛自然，以愛爲出發點關懷環境採取行動，這是最根本的解決之道。

以法規強制的方式，將環保納入生活必須要執行的事項，否則有罰金或課徵環保稅。雖有直接性的效果，但如何立法通過且落實執行，是一大挑戰。經濟誘因則效益較差，用鼓勵的方式提供金錢補助，例如對於購買節能產品提供補助，提供經費汰換可能不需汰換的物品，有浪費政府經費、顧此失彼之疑慮。當然也不只有這些方法，大家可以集思廣益，討論出許多對環境友善的有效方法。也許我們明白環境很重要，但我們不願意改變生活方式。有人說環保生活是刻苦耐勞的生活，但眞的有需要如此刻苦，才能達到我們對環境的友善關懷嗎？我認爲我們會創造生命美好的價值，力量在我們自己身上。

我們不過度浪費資源、不過度享受。有一種反向作法，不是強制我們應該要做那些事情，而是規範不要去做那些事。例如不要浪費食材，賣相不好的NG食物不要丟棄，仍可作爲料理，也盡量不要剩餘食物。不要將冷氣溫度設定過低（如23度），不要只爲了自己的舒適度，而未考量整體環境的承載力。

這像是一種道德規範，如果只有少數人這麼做，缺乏共體環保思維，則成效不彰。

第五篇
聽生命在唱歌

第一節　生活風雨篇

世間如浮雲，如夢幻泡影

聽雨吹風，看著雨和前方的房子，我看到卻是山渺渺、雲渺渺，下著細雨，空氣清新，雲淡風輕。心情沉澱，不觀心，不辨善惡，不分二元對立，皆不沾黏，如如意是，一切需心領神會。

眼前所境，內心所映照，雖說是泡影一般，但我們入戲很深，相當沉迷。

人生經歷是否也如夢幻泡影，我們所經歷的一切是否到頭來是空？那麼我們爲何而活？爲何感受那麼深刻，生死眞的有這回事嗎？

內心平靜清澈時，心中豁然，不被生死之事所困，不擔憂這根本不是問題的問題。

竟然內心平靜清澈，爲何還要掀起過去的喜怒哀樂？

人們經常被過去的包袱所累，因爲沒有放下，所以時常回想起，緊抓著過去的快樂與痛苦不放。

寫下過去的種種，是因爲要放下過去的種種？因爲不想忘記或是擔心忘記，卻透過回憶不斷的加強記憶。

寫下就放下。遭遇挫折、種種面臨的苦難或不快樂、或不順利，都已過去，所有的負面能量都隨著呼氣而消散。

萬法唯心

萬象隨心造，五光十色令人迷，無法影響如如不動的心。

「絕對的靜謐常駐我心」，心中寧靜安詳自在與愛。

寧靜致遠，時常保持內心的寧靜與喜悅，身心皆暢快，看得遠，看得透澈，不害怕、不心慌、不執著、不分別、不沾黏。

呼吸之間、當下，充滿愛。無所求，喜悅富足。什麼都不缺，神性的自己，不執著於二元對立，順其道，道法自然，心生萬法，「不生不滅，不垢不淨」。

讓我們唱著愛的歌曲，祝福有形與無形的眾生。

我們選擇愛而不是恐懼，恐懼與痛苦都會離我們遠去。

讓我們心中充滿平靜、喜悅、自在與愛。

讓我們唱著愛的歌曲，祝福萬物之靈及有形與無形的眾生。

理想的自己

我決定將這個月的目標訂爲淸除內心負面能量，讓心靈充滿愛與感恩。每天早上與晚上我都與心靈對話，我想到什麼就寫什麼，向自己對話，一個是內在的小孩，一個是理性的自己，用愛和關懷的想法與語言來滋潤自己。

我感受到每個細胞都在發光，每個細胞充滿活力健康、喜悅、平靜、自在及愛，愛與感恩的能量充滿著身心靈。不是偶然，不是應該或不應該，而是選擇。我放下內心既有的成見，不加以批判與評論，此時內心充滿彈性，這是我想要成爲的人：笑容和藹，身心輕鬆自在，充滿智慧與愛，臉上帶滿充滿魅力又溫暖的笑容，給人充滿陽光與正面能量，無形中就幫助許多人，面對毀謗侮辱或讚美都不上心，面對困難，泰然處之，四兩撥千金，將面對而來的衝擊力轉化成無，浩然正氣，心靈富足豁達，充滿著愛、喜悅、平靜與自在，照見自性，剛柔並濟，無爲之。在環境甚至心靈方面，採取源頭改善之方式，對於現況更提出並採取降低衝擊損害之措施。

我心無所求，我所需要的就是我所擁有的，而我已擁有很多。

實現理想

有時開始懷疑人生，我到底是來這裡做什麼的？這是我想要的生活嗎？我想要活出什麼樣的人生？如何才能隨心自在地過日子呢！

也許就是找到自己的「天命」與「道」。

心無雜念專注純粹，不執著喜怒哀樂愛恨，不追求欲望的滿足，內心不受七情六慾所困，找到內心的依歸，明白來到人生的意義，並實現天命。

不論面臨什麼艱辛困難，堅持不斷地努力，全力以赴地朝目標前進，每一天都朝更好的自己邁向一步。

今早有個念頭浮在腦海裡：什麼事是你覺得重要的？你覺得重要且想要做的事？什麼是你的熱情所在？

「現在不做，以後可能就沒有機會了」，去做你的熱情所在，不要找任何藉口。

相較於用電腦「打」來撰文，其實我更喜歡手寫的感覺，寫作對我來說很重要，是我熱情所在之一。手寫的筆跡有感情觸動，但保密性較低，筆跡與文字仍然趨向保守，在時間與環境的受限之下，其實我更愛思想隨意揮灑於筆下，源源不絕的思路與想法，滔滔敘述內心的想法與感受，任何想法都可以。

回顧一年間參加活動得到許多啟發與感動，例如在山林之間的講座，陳玉峯講者對山林的熱愛與行動引起內心的感動，參加導覽認識植物知識，在環境教育人員認證展延課程，了解環境教育講師設計的教案如何去推演，不只是設計很多的課程，需

要講師帶領更需要學員參與。教育的路不一定好走，教學前要做足功課，更要與時俱進，各行業都有其辛苦所在，重點是在工作過程中得到的價值感。環境教育這條路是可以考慮轉型的方向，可以透過生態導覽或有趣的教學體驗，甚至是講座、影片觀賞等。

有些資源就擺在面前，可以不斷地精進環境教案的演練、加入相關的協會，參與過程中會學習到很多知識，也需要大量的閱讀精進植物或生態的學識。

閱讀可以增加很多相關的知識，透過閱讀，我們似乎對眼前的生物已熟知了解，但從各種不同的面相來看，原來生物還有這一層不可思議的奧妙，言語無法解釋，我們以爲自己已認識大多生物，但還有很多生物我們並不認識，我們以爲對其生物的習性很瞭解，但大自然中總是充滿著奧妙，不斷帶給我們驚喜與感動，會出現一些難以解釋的現象。

「道可道，非常道」，無法言傳的體悟與感動，更加深對自然的愛護。一些社會亂象或環境污染，讓我們感到憤怒，這些事一直再發生，我們總得做些什麼，不讓環境一直再惡化。

我想要做生態專家，專注在植物與生態方面，爲自然環境保護盡心力。當你專注在某件事上，且花越多的時間不斷去精進，你就可能成爲這方面的專家，有了金錢的基礎，能創造更美好的價值。

我需要一些外展資源，很幸運的我接觸了一些可以發展的資源，這是我熱情的所在，我覺得重要且想要做的事。金錢與時間還有一些難題要克服，不論是什麼困難與挑戰，我決不放棄，遲遲不行動是逃避的藉口，我不想留下任何遺憾。

我告訴自己不要在逃避了，如何一天一天地累積實力，增進生態的學識、教育、實作與體悟，累積很多很多的文章，有些是心靈的，有些是環保的，有些是生態的，作爲寫作成書的素材。

我們需要具體的行動，開始不斷的累積能量與實力，就算辛苦，至少是自己歡喜付出的。

今晚，我的內心在燃燒，踏實理想的燃燒，我肯定這是長久的熱情推動，絕不是短暫的激勵。

專注

資訊很多，可以吸收知識越多，選擇也會多，面對五花八門的選擇，內心反而由原本的簡單變爲繁雜，像個八爪章魚一般，一邊要看書、上網、滑手機、寫報告、彈琴、吃飯、看電視，同一時間要進行的事情太多。

分心多工是現代人面臨也是壓力的來源，簡單專注反而不容易，而這也是我們要學習的，如何由繁入簡，回歸內心的平靜，以及簡單的生活。簡單的生活雖然沒有五顏六色，眼花撩亂，但每一步都因爲專心於當下而踏實。

你必須做出抉擇。你可能聽到很多聲音與建議，可能有很多選擇，但你只能選擇其一，才能專注向前，也才能突破挑戰。如果你做好了選擇，前進的道路可能很長，過程中你可能有一段期間會一事無成，內心的壓力就此產生，但這壓力卻是可以轉化的。尊敬一事無成的自己，因爲此時卻是你專注邁向目標，很踏實的旅途，穩扎穩打，不要一蹴可幾，接納現在你自以爲平凡，又還沒成功的自己，至少我們踏實地前進，沒有遺憾。

從容

布袋戲內總是有令人深省的話語，淺嚐人生的道理，述說環境與人生的觀念，而生活中別人不經意的話語或是閱讀的文字，有些似乎在點醒自己。

用心去看、用心去聽、用心去感受，也許你眞的會聽到鳥說什麼、樹說的語言。

道，虛空深遠，是天地之根源，觀其萬物自然循環。

權宜之計只是暫時，仍要以長遠之利益爲考量，靜候其機會，動如脫兔。人生不設限，我們經常設定自我的樣子，害怕現在的我改變，其實就像水一樣，轉變爲水蒸氣，而後又凝結成水，其本質並未改變。「上善若水」，水沒有固定的樣子，保持彈性，順勢而爲，當種種跡象似乎好像在告訴你是擺脫慣性的時候，放下我一定要怎樣的思想，就有機會走出很多條活路，而且每條路還很好走。

有種悶悶不樂的感覺，是環境不夠舒適嗎？不是，是內心不平靜與不快樂。受到工作帶來的不滿與壓力的影響，面對未來可能發生種種的風險與不利，憂愁著未來可能發生不好的情境與辛酸的人生，內心擔憂又害怕，內心壓力也大。

近幾日試著去沉澱心靈，我發現自己將過去、現在、未來的悲傷與痛苦扛在肩上，有種喘不過氣的胸悶。某一日我卸下了身上一半的擔子，突然覺得內心輕鬆愉快起來，但進入工作職場中仍是悶悶不樂，不滿意現在工作的人事物，內心感到不平衡。

下班途中，突然靈機一現，爲何要把自己搞得好像要世界末日一般，快樂是一天，悲傷也是一天，爲何要把自己逼得那麼緊，何不抓住面前的幸福。未來的擔憂與恐懼，未來的自己自然有能力從容處之，現在就讓自己專心於現在，放下心中的負擔，無事一身輕吧！

當下

在生命中發生的任何事都是有意義的，我接納並肯定自己。

論文寫作過程中，便是藉事練心，透過這件事，我將更瞭解如何調適心情，對於失敗的看法也有了新的認識。每一件事都有它的意義，而失敗也是人生必經過程，瞭解失敗意義，並接納失敗，失敗是爲了讓智慧增長，「煩惱即菩提」啊！

不要任意讓時間潛移默化地變成另一個人，一個不是反映內在的自己，不是那個充滿平靜與喜悅的自己。其實這是當下可以選擇改變的，「當下是威力之點」，當下的選擇，其威力可能影響過去、現在、未來。

就在當下，你有可能將先前處於不利之情形扭轉爲好的局面，可以選擇回到那個平靜與喜悅的自己。不論是對自己與對他人的關係，傾聽內心的聲音，用心對待生命的時刻。

找回初衷

最近有很多機緣促使我找回初衷，而有感而發。在人生不同的階段問問自己，到底自己想要的是什麼？想要過什麼樣的人生？現在的你是否往更好的自己邁進？你覺得什麼事是重要的？什麼是你覺得重要且想要做的事？這個答案我想了一年多，當我很想要找到答案時，想破頭殼都想不出來，當我忘記尋找時，種種的機緣讓答案有跡可尋，這個答案呼之欲出，有可能隨時間與環境改變，但大方向不會改變。

現實經常埋沒理想，卻不是阻擋理想前進的藉口。逃避與擔憂讓人裹足不前，有些事，現在沒做以後可能就沒有機會，甚至會越來越力不從心。「十年河東十年河西」，現在不努力持續累積能力與能量，十年過後差距就很大，擱置不是辦法，面對並實踐理想，才是快樂人生之道。

事情發展突然發生變化，一時之間難以接受。想散散心，沒有預期的來到清水祖師的面前，看著那雕像，莊嚴慈祥，好像在告訴我，找回本心，找回初衷，他明白初衷，因爲我會傾訴著，而現在，我好像偏離了當初想要達到的目標。

我回頭看看自己，發現確實又面臨了障礙，而這個障礙，我現在尚未克服，但好的開始是我發現了，我知道現在所面臨的挑戰。

我看著潭中的水面，水波微微蕩漾，陽光灑在水波上，美極了，我的腦中閃過《我坐在琵卓河畔，哭泣》的那本書，有想在河畔哭泣的衝動，淚水衝上眼眶，映在水面上的陽光好像在下雨。我祈願著念念不離心，任憑外在的風吹雨打，水面上的狂嘯漣漪，絕對的靜謐常駐我心，常保內心的寧靜，傾聽內心的聲音。

喜悅

近幾日的月色很美，感謝有你一直在守護著我，我的守護天使，謝謝你。我發現我們確實知道很多法（方法），可以讓你在面對任何情境下能夠泰然處之，但每次遇到情境時，卻總是使不上力，一樣陷入其中。

我試著思考方法，當面對情境時，尚未能冷靜下來用上方法，這是可以調整做法的地方。也許需要透過不斷的練習，泰然處之的境界，不是一觸可及的，或許平常就要試著養成心靈金鐘罩，經常保持內心的平靜，讓喜悅感恩充滿心中，毀謗、侮辱、取笑、抱怨、憤怒等負面能量都無法侵入內心。

有句話說無欲則剛，確實當內心無所求時，所有誘惑都無法打動你。當有求時起了貪。希望達到目的甚至更多，便起了癡。執著所求，無法達到或不能符合期望時，產生了嗔（憤怒、不滿）。更有句話說「求之不得，不求而得，自在何須求」。

關於理想，不要操之過急，欲速則不達，每次都跨出一小步，一步一步往前進，我相信自己，我可以走出適合自己理想的道路。

我不要留下任何遺憾，我要踏實喜悅地過每一天。

回歸內心

我又再汲汲向外追尋，追尋的很疲倦，停下腳步看看狼狽的自己，看看雙手，看看臉上的痘痘，看看自己的身體，雙手透露著身體健康狀況變差，體內存積的毒素增加，是什麼讓自己的身體健康變差？運動不足、心情抑鬱、壓力大、心理壓抑、過度將注意力放在外面、對自己太過嚴格、身心沒有適度的放鬆，這些原因似乎都有。

親愛的，你很棒，很高興你終於跨出一步，跨出康復的道路。其實你已經有一段長時間受到精神壓力的困擾了，你最近才察覺，是因爲你過度壓抑內心的情緒與煩惱，因爲身體提醒了你，生活中的經驗點醒了你。

我內心跟我說，親愛的你應該回歸自己，回來觀照自己，多關愛自己，順其自然，放鬆你的身心，我是平安的，我是喜悅的，我是自在的，我是被愛的。這些我早已經擁有，我怎麼會需要我已經擁有的東西呢？當我認爲需要這些時，這不是眞的，因爲我已經擁有了愛、喜悅、自在和平安。

謝謝你，終於又回歸內心觀照自己，那些壓在內心的石頭正在慢慢落下，內心的負荷越來越輕，頭腦的負荷也是。

當回歸內心時，我感到內心滿滿的愛，當我沐浴在溫暖的陽光時，我感到大自然滿滿的愛，內心充滿喜悅，我再次告訴自己，感謝老天爺總是以我預期或非預期的方

式幫助我，卽便付出沒有結果，也不會灰心，我只付出撒網，成果是否可以回收，或是否由我回收都不重要，重要的是我有能力且實際的行動，向理想藍圖前進。

每天我都要多愛自己一點。我期許在愛的療癒中，我的身心會越來越健康，且更有活力。在疲累地向外尋求後，才發現原來內心塡著滿滿的愛與慈悲，是如此的幸福與平安，自在與喜悅不曾離開。拋開世人眼光的束縛，自在喜悅地過生活吧！

回歸內心的自己，多關愛自己，啟動愛的療癒，讓身心充滿健康與活力，是最重要的事情。

謝謝我的身體

當我仔細聆聽身體發出的訊息時，發現產生身體不適，是因爲生活中累積的毒素或負面能量太多。謝謝身體的細胞們努力工作，排出身體的毒素。

我漸漸發現萬物都有它的道理，有些或許是令人討厭的，似乎有其存在的意義。

有人說我越來越進步，我想是因爲心改變了，心變得更柔和、溫暖、喜悅與平靜。因爲我每天開始去觀照身體發出的訊息，以及覺察內心的情緒，我感受到那些情緒，爲什麼有那些情緒？這個情緒要告訴我們什麼訊息？我也開始發現身體上的不適受到生活習慣、信念及情緒的影響。有時甚至在告訴我們內心產生的衝突與不快。

情緒本身就無對錯，只是來豐富我們的生活，我試著不壓抑情緒，自然流露不沉溺其中。不只是觀照，還要用愛與關懷的想法來滋潤自己，讓身體細胞發光，感受活力健康、喜悅、平靜、自在及愛。

調整情緒，調整節律，增加體力儲存，降低體力消耗，設定目標，累積能量，一步一步執行，不急躁，欲速則不達。

勇往直前

由一開始的不敢前進，到最後勇往直前，是愛讓人跨越恐懼。從不滿意生活現況，選擇接受命運安定的生活，顧慮很多、壓抑的自己，鮮少放手去追求想要的人事物。

不只是壓抑，也感到恐懼。昨晚午夜的雷聲與閃電，伴隨著強降雨，內心感到惶恐不安，驚醒之餘，雙手相握，以緩解恐懼。今早仍有豪降雨，天色灰暗，這雷聲與大雨釋放大量的負面能量，讓群體壓抑的力量釋放，其實對我們很有幫助。

親愛的，你在害怕什麼？對於面臨抉擇所可能產生未知的結果而恐懼嗎？勇往直前吧！親愛的，我明白你一直在我身邊，因爲愛，我相信不論面對什麼困難與挑戰，我都能跨越恐懼，勇往直前。

我很開心自己勇敢的去冒險，並克服內心的恐懼。面對前方土壤泥濘，踏入可能會讓腳深陷於泥土中，我仍帶著堅定的信心，勇往直前。

內心反射

我常在別人身上看到自己，自己看不到的盲點，有時會在別人身上有所啟發，那個討厭的對象，可能是你無法面對的自己。別人身上的特質或缺點，在我身上也能找到，我不在乎你說我下流、無恥、貪心、易怒、變態等等，這些都是我，本就不完美的我。

今天是春分，白天和黑夜等長，春天過了一半，許多果樹或植物開花，爭奇鬥豔的展現生命的光彩，今天心情愉快不少，但一早醒來映在內心的影像卻困住了我。我的心就像是一面鏡子，映在鏡子的影像是我內心的反射，可能反應你擔憂的、恐懼的、不敢追求的、渴望的、憤怒的、悲傷的等等，那些都是你，外在的事物是你內在的投射，所以有時你能從別人身上看到自己。

當鏡中的影像讓你感到痛苦時，你要問爲什麼？這要帶給你的訊息是什麼？

沒有人能傷害你——除了你自己

不舒服是一種主觀的感受，我覺得不舒服的事情，在你眼中可能認爲這是小事，而對於感到不舒服難受的當事人來說，這可是件大事。

我又深陷其中，感到痛苦，久久不能平復。我對自己的執著感到困惱，這些種種的執著讓我感到非常難受。我的內心過於堅持某些原則或事物，導致堅持的事物或原則受到考驗，無法達成堅持的目標時，心情猶如跌到谷底一般，感到心傷。

「往事所作諸惡業，皆因貪嗔癡所起」。

我們經常讓八風吹動，利、衰、毀譽等情事，遇到一些不順利或是別人的批評，就讓人氣得跳腳，或是深陷痛苦中。

讓自己陷入這痛苦的不是別人，而是自己。我覺得有需要面壁思過，好好懺悔一番。

有時一句話、或一些情景、或一段經歷，讓你觸動起過去不好的回憶，過去曾遇到的瓶頸又出現了，再次陷入輪迴。

我不想陷入輪迴之中，我爲什麼這麼愚痴，拿著磚頭要砸自己的腳，我爲什麼要和自己過不去。是我把自己困住，只要放自己離開就可以了。

不要壓抑自己

現在發現我好像很少去做自己喜歡做的事，很少去享受生活，天啊！難怪總是感到不輕盈的感覺。

突然想到木瓜牛奶，好久沒喝，想到後天就可以喝到好喝的木瓜牛奶，內心洋溢著喜悅與幸福感，淚水卻不停地滑落。旁人見狀，大概會感到訝異，只是喝個木瓜牛奶有那麼感動嗎？你不懂，對我來說，這是個難得的享受，好像很久沒有好好的犒賞自己，或是好久沒有問自己想要的是什麼？滿足內心的需求。

看到淚如雨下的自己，好像將內心壓抑很多的能量釋放出來，是不是過度壓抑自己才導致這樣，總是把內心的需求放在後面，內在小孩因而感到不開心。

一切看似要撥開厚厚的雲霧般，逐漸清朗，就在這過程中，我才發現內心原來一直有的障礙存在，沒辦法自在的表達自己，坦然的面對自己的悲傷、喜悅、憤怒、害羞與恐懼。壓抑、壓抑，你總是不斷地在壓抑，壓抑負面情緒，壓抑想要咳嗽的感覺，壓抑內心的衝動，壓抑想做的事。

直到有一天，壓抑的自己突然爆發了，對壓抑不住懊悔，也對辛苦壓抑的自己感到抱怨，連呼吸都很辛苦，爲了要忍住，眞的有時連呼吸都要急促或暫停呼吸，眞的很累，我眞是受夠這樣壓抑的自己了，我不要再壓抑負面的情緒了，我不要再壓抑內心的聲音了。傾聽內心的聲音，自在地呈現不壓抑的自己，還有忽略外面眼光與想法，是我選擇喜悅自在自己的第一步。

沒有分離

親愛的，你的內心好像不暢快，我發現和你對話時，發現你的內心暗藏很大的負面能量，而這些負面能量正在危害你的生活與健康，親愛的，不用緊張，讓我們一步一步的解開，舒展內心，我發現你正在抱怨，抱怨世界的不公、人心的詭譎、生活的不如意，都是別人的錯，是他們讓你變得不快樂、不健康，把全世界都怪罪一番後，你又將我分離了，下一步是不是怪罪自己，責備自己的一無是處，責備自己爲什麼要吵架、爲什麼要生氣、爲什麼要悲傷。

我對自己的表現不滿意，所以我總是需要表現得讓人滿意嗎？這眞的是我想要的嗎？不是。親愛的，我不可能樣樣都符合人意，每個人都是獨一獨二的，有各自的思考與想法，我選擇做自己，而不是符合別人的期待，雖然他們可能會失望，但至少可以不讓靈魂哭泣。

當我與自己分離時，我的內心感到痛苦，當我與現實爭辯時也如此。

親愛的，「外面沒有別人，只有自己」，沒有能將你與自己分離，也沒有人能眞正傷害你，只有你自己才辦得到。是你，讓你與內心的自己分離，和你結婚的伴侶是你自己，當你心口不一時，你就與他分離，當你在管別人的事時，你也和自己分離了，當你放下不再往外尋找時，當你回歸自己時，你會感受到全然的愛自己也愛別人，沒有分離，此時你的內心充滿著滿滿的愛，你不需要任何人將你完整，親愛的，我愛你，也愛他人，沒有分離。

生命放在陽光上

在盡最大的努力後，還是被受批評與打擊，心裡難免失望，一次又一次的失敗，眞的是讓人灰心。聖嚴法師曾說以感恩來面對，但這也不容易，煩惱和苦悶困擾著我，心中的苦也會漸漸反映到身體。

沉浸在那樣的情境之下，我猛然回想，曾在半夜或凌晨時刻骨銘心寫下的一句話：「我決定從現在起踏實喜悅地過每一天」，是啊！花了太多時間在煩惱與悲傷中。

生命就打算這樣度過嗎？如果今天是生命最後一天，難道不遺憾生命沒有放在美好的事物嗎？

人生就要將時間放在對的事、有意義的事上，花費時間在不喜歡做的事、覺得浪費時間的事上，會感覺到像是在浪費生命、浪費時間。

去做覺得有意義的事吧！是內心不斷的呼喊，不禁想起一句話：「我荒廢的今日，正是昨日殞身之人祈求的明日」，更加提醒了要把握當下，不要蹉跎時光。又令人想起一句話：「我爲錯過太陽而流淚，那麼也將錯過星星」，是的，不要沉迷困在那個情境中，不然也將錯過即將到來的美好事物。

安定

親愛的，相信我們是朝更好的自己邁進，雖然我們仍然會生氣、會悲傷，但我漸漸可以從情緒中察覺什麼，每一天都是靈魂的精心創造，來到生命的事件似乎是內心創造的實相，境由心生，你怎麼想很重要，生氣的自己、悲傷的自己創造生氣與悲傷的情境。

親愛的，你還好嗎？你最近出現冒痘痘及其他免疫力低下的情況，是壓力很大嗎？當想要回答這類問題時，總是感到鼻酸眼酸，或許是過去負擔太重，還在一一的放下，但我相信我們的身體與心靈會越來越輕盈，讓心靈淨空。

我要將焦點放在健康與喜悅，而不是緊抓著痛苦與煩惱。

讓痛苦、恐懼、不安等負面能量從我的左邊出去，讓愛、平靜、喜悅及自在從我

的右邊進來且成爲我，讓心靈充滿著愛、平靜、喜悅及自在吧，親愛的，放輕鬆，放下你的緊張與憂愁，放下內心的恐懼，「我很平安而且一切都很順利」。

親愛的我很幸福，現在擁有的一切眞的很多，謝謝你一直守護著我，一直給我力量，保護著我，願將這能量獻給家人，願他們身心健康，喜悅自在，被愛的能量包圍著。

心神領會

萬物之施惠，父母之恩惠，虛妄之相卻令人沉迷，繁華之相心生百變，變紅變熱，熱惱而起，本來無我，又困擾虛凡之相，雖是非名非相，但經驗隨起，不論哪一個相，皆是當下實在詠唱，不知何可作爲，與爲詠唱，如有做爲，當下爲之。不必掛心爲之如何，只是爲之，心中之定，不爲所迷，沉靜水平，卽使熱光四射，但不移心，心靜四面觀，卽便表面浮光，但不移心，卽使入心但不入定，卽隨心所欲，無所罣礙。

有相心中懼，無相淡如水，一切有自然，不忘自然心，但願詠唱永遠，心中有愛而無懼，不是當下卻到遠方，成熟之際，一切明白，不遠不遠，不必望遠，做當下應行之道，自然而然明其理。

不必掛礙，未到之時坦然爲之，順應自然，心中無懼，自然領會，放開大懷，雲遊四海，學習學習，綿綿長久，無限時間，無限自在，如如常在，心安所怡然自得，故當下所詠唱，未來亦可詠唱，不必遠望所想，只隨心所欲，無所罣礙，即便時之未到，也不上心懷。

未來不安感

過去埋沒在人多嘴雜，而苦幹的日子經驗又彷彿重啟，不平的聲浪，互相計較的心，環境是否也安定，能否平安渡過每一個困境或難關，也許需要的是心安、信心及智慧。

未來的人生是平常的積累。未來如何，追求的是否能達到？也許沒有一定要追求的事物，不論在什麼樣的環境，有機會轉到更適合的更好，沒有也沒關係。在追求過程或是一定要有的心態，就是苦。

苦不堪言，只好書寫，在不一樣的環境，不論是什麼環境，也是會變化，沒有一成不變，變化無常是常態。所以有時順暢有時阻塞，重點是心的轉變，不論順逆的環境，變化無常的環境，心始終不隨境轉，靜心如如不動。但茫茫的海中，有時失去方向，找不到那個平靜喜悅的心，此時似乎需要雨般的自我沉澱，洗去過去種種塵埃，放下所有的不安與痛苦，清除所有內心負面能量，心才能又回歸本心，那清澈洞靜靈動的心。

不求而得

出去旅遊眞是疲累，有時達到目標了，卻不見喜悅的感覺。我曾經衷心期盼某個目標能達成，當目標達成時，歷經千辛萬苦終於成功了，而我卻不感到快樂。我感到疲累，這是我長期努力最終達到的成果，我終於可以好好休息了，在這些過程中，我覺得很苦很不快樂，所以就算最後目標達成了，也只能算是告別了其中一項任務。

想到過去很順利得到的幸運符，因爲內心無強烈的慾望，不執著，有也好，沒有也沒關係，不論結果如何一切皆圓滿，當時內心的想法如此，而得之，心無所求，反而有所得，即使沒有得到，內心一樣平靜喜悅。

平安健康好像很平常，但並不簡單，感恩我們這次的旅途平安歸來，大家一切平安，可以健康地四處走走旅遊。雖然旅途中可能有些不順利或不愉快，但最後能夠平安健康的歸來，就是莫大的喜悅與福氣。

放下焦慮與不安吧！一切都很順利，在任何情況下，我們都是平安的。

隨手可拾的幸福

在忙碌的日子裡，忘了隨手可拾的幸福。可惜的是，不是忘記，而是沒有撥時間給自己享受這簡單的幸福，幸福快樂很簡單，反之，也很簡單。

有時候什麼事也不必做，只讓自己感到放鬆與平靜，這樣就很好，就很幸福。喜歡平靜，也喜歡盡情揮灑筆下的美麗風景與文字，留下那美麗又深雋的感受。

感謝上天賜給我這麼棒的週末，讓我重新拾起生活的美好，但人是貪心的，我是否還可請上天賜給我力量去守護、散播這美好。

找回內心

過去僵化的生活已讓我迷失自己，我想要趕快找回內心，我做了很多事，發現回歸心靈平靜的契機，在於日常生活的小發現＋給自己獨處的時光＋閱讀心靈書籍，雖然獨處時間短暫不易有所發現，但透過一語警醒，千語也不少的方式，集合眾多智慧語言，並透過生活中的體悟，我逐漸找回內心。

我漸漸明白，去一個環境清幽的地方，並不會眞的令人平靜（如果心有掛念，滿滿的慾望），重點仍在內心，不停向外找尋好吃的、好玩的，但是猛然發現家中平淡的日子就彷彿度假。過去種種的豐富，等我去發掘，原來我擁有這麼多很棒的東西，原來幸福就在身邊。根本不用大老遠去度假或找地方喝午茶休憩，在家裡就有很好的環境，愛的人事物皆在，在這裡你就可以盡情發揮你無限的創意、有趣，除此之外，你仍然可以向外增加新的事物與學習，但我認爲先把基本功做好。

慢活

下雨的日子，偶爾會放晴，靜下來聆聽雨聲，什麼事都不做也是一種享受生活和感悟內心，不見得要把自己搞得很忙碌才是精進。有些盲點卻是要透過沉澱自己才有辦法突破。

讓心靈回歸平靜，有一個方式是放慢步調。在匆忙的日子裡，讓人緊張到忘記呼吸，講求快，卻是降低效能，你可能急著把事做完，卻不知是否做了正確的事。放鬆身心的慢活是必備的功夫，體驗呼吸的感覺，享受呼吸的感覺，體驗走路的感覺，享受走路的感覺，去體驗生活，而非利用時間，是享受時間啊！

看似好像活過很多個日子，卻大多時候沒有好好的活過，好好地感受品味生活。現在就開始慢活的人生吧！不要留下任何遺憾！

人生不是苦海

塵亦不俗，海亦不苦，苦海俗塵只因心境的轉變。世間萬物自然生長，端一切相，心靜不動，但若心中慾望過盛，眼開心不開，便在塵土間打滾。面對花花世界，不心浮氣燥，內心平靜化爲淨，心中的平靜可以滅卻心中無名火。「養生之道在於常保喜悅」，不論環境、順境、逆境，一切順其自然，保持著淡然與從容，願我們時常保持內心的寧靜與喜悅。

我們還有許多需要學習的地方，不論內外皆要調和，任一方的失衡都會互相影響，方法先學起來，運用它，然後忘掉它。方法是入門的工具，初學需要用方法，熟練後則可靈活運用，不必守住方法。

你平常在醞釀什麼呢？醞釀著痛苦的心境，可是會帶來不好的事物，反之，醞釀在道的路上，喜悅的心情，處處都有喜悅的契機，如海般深的寧靜，讓我們練習專心又放鬆。

反省

春天的芽展開了，內心的自我是否蛻變了呢？我總是不斷地思考如何達成夢想，如何越漸佳境。又有另一個角度點醒了我，不是一直向外追求。你是否無悔地過生活？如果是，生命會自己找答案，到最後內心也會踏實。

日子一天又一天的過去，過去的日子裡到底累積的是什麼？是煩惱？憂傷？快樂？憤怒？你是否去做你覺得重要的事？去做吧！不要留下遺憾或後悔。

反省眞的是解藥，它讓你明白在你面前的牆是什麼。我發現過去種種的累積，形成外在形象的我，向偶像包袱似地，一如慣性，要拋去並不如想像中容易。Let it go，讓它去吧！勇敢向前，不再膽怯，做自己，放下吧！不要太在意別人的看法，坦然地面對自己，因有自知之明，所以一切安然無事。

總是不斷向外跑的我，因爲疫情關係，反而是自己沉澱的時候，也是成長另一部分的機緣。

生命中每一件事都有禪悅，無一不是鍛鍊心智的時候，也許冷嘲熱諷，也許恭維迎人，不論刀割香塗，心如槁灰之木，內心充滿堅定，方向原則是不隨波逐流改變。

在這過程中，有苦也有樂，有得和失、成與敗，其實這本一體，不須刻意追求，凡事順其自然。

以鳳梨爲例，頭端可能是甜的，尾端可能是酸苦的，其本質並未改變。得到了又失去了，失去了又得到了，苦過了覺得樂，樂過了苦又來了。因此不必過度執著，不必一味追求苦或樂，這不是永恆不變的，變化是常態，學習在無常的生活中常保喜悅。

懺悔

不要讓別人的一句話，難過許久，別人要講什麼我們無法掌握，重點是我們聽進去什麼，太過在意別人的言語，只會迷失自己。

心如清風朗月，萬里無雲，任何毀謗或負面能量都無法傷我分毫。

現在漸漸警覺到種下的因與業，不勉強自己、不做違心的事，避免在不必要的時候做不必要的事，減少種下的業，也是活出眞正的自己的一種方式。

我開始閱讀啟示，「從前念、今念及後念，念念不起貪嗔癡等非正念，過去所做貪嗔癡等惡業悉皆懺悔，願一時消滅，永不復起」。願念念不離清淨心，心念正，一切都正。

親愛的，對不起，請原諒我過去對你造成的傷害。所有我曾經傷害的人事物，還有在心中發起的詛咒，我深感歉意，願所有的傷害與憎恨全部歸零。

出發前我祈望著上天給我心靈的指引，謝謝你，帶我回到感恩的時刻，並照見內心的魔鬼與光明，過去的事不要再想了，讓當下每個念頭都圓滿光明。

☆你曾經傷害過那些人事物嗎？不只是付出行動，甚至發願詛咒對方呢？現在讓我們發自內心的懺悔吧！

散播愛

夜間的沐浴中，心中響起智慧之聲，響起清脆的歌曲，內心升起滿滿深沉的愛，所有過去的苦痛都已經沉澱，無盡的愛流遍空間，深沉的平靜和喜悅升起。

享樂是短暫的快樂，但平靜的喜悅卻是綿長，悲傷與痛苦都是喜悅的一部份，如此平靜又喜悅，彷彿躺在記憶枕頭上，沉一點又彈回來，我深信一切會越來越好，可以找到讓自己發光發熱的事，做自己覺得重要的事。

親愛的，你眞的沒有時間去關愛自己與周遭的人事物嗎？你只要撥一點點時間，你看，因爲感受到你的愛，身邊的人和你自己都會更愉快。謝謝你，提醒我，親愛的，我總是在忙別的事，管他人的事，而忽略了自己，甚至是周遭愛我的人事物，其實我有足夠的時間去做我想做的事，也有足夠的時間去做應該做的事，而我們往往一再拖延或擱置內心重要的事。

親愛的，從現在起，把注意力關注在自己與愛你的人事物上吧！讓愛遍及全身，並傳達至周遭的人事物，去做你覺得重要的事，放心吧！你有足夠的時間，而且別人也會活得好好的。

愛自己

我不需要證明什麼，不用得到別人的肯定，我知道每個人都渴望得到喜悅和愛。本身就有價值，不管你是什麼人，在一切萬有之下都有價值。

內心不想起執著，一早抽起的籤詩是zero，這籤詩很有意思，可以是放空，心無雜念罣礙，或是歸零從心開始。很棒的啟示，當我覺得受到困難挑戰不知如何突破時，神奇的就會抽中這個籤詩。

腳底的瘀青大致上消退，但耳朵的還在，看來已經有漸漸改善，但還要持續的用心愛自己，傾聽內心的聲音，讓愛由內擴散到外，如果我都不瞭解自己，不愛自己的話，如何了解別人與愛別人呢。

我仔細聆聽身體發出的訊息，我的身體似乎感受到心裡的衝突，光與暗正在較勁，搞的腸子都打結了。

我發現仇恨的背後是愛，我討厭和怨恨那個黑暗的自己，但沒有黑暗就沒有光明，黑暗與光明、苦與樂，是一體兩面。我發現那背後隱藏的愛，那個不夠好的自己，那個黑暗面的自己，不是要你把他切除拋棄，他需要你用愛擁抱他，擁抱那個不堪的自己回家，我展開雙臂擁抱著那痛苦黑暗的自己，那是我的一部分。

光明和黑暗都是我，我願意敞開心胸讓黑暗的自己回來，融合爲太陽能量。我不是聖人，不是只有光明，黑暗也是我的一部分，光明與黑暗合一，這才是完整的我。我看到那個不堪又黑暗的自己在哭泣，就像很多受傷的心靈一樣，需要用愛擁抱他，迎接他回家。

爲何

不論你地位高低，也要經歷無常的考驗。看戲劇難免有些感慨，布袋戲也是，劇情曲折離奇，人物也經歷無常的變化，我仍記得男主角回到過去，遇見現在已不再身邊的父母親，稱讚他們是很棒的父親與母親，這點讓我很感動。父母仍在世時，我經常很挑剔，我明白他們雖然有些小缺點，但眞的是很棒的父母親。我又再看到關於知識與經驗的傳承，看到爲人父母對孩子的付出，把所有一切的美好盡其所能的傳承給孩子，也令我動容。

生死的無常，又不禁讓我重新思考生命，究竟追求這些目標，到底是爲了什麼？感受了人世間的愛憎別離、喜怒哀樂又是爲了什麼？我們現在這些煩惱與計較相較於生死根本微不足道，那麼爲什麼經常被這些煩惱所困，困在這些日常瑣碎事上？

「煩惱既是虛妄的，我又何必找尋解決之道。」

每一天都是踏實的

紛紛擾擾及瑣碎雜事讓心靈不清淨，娛樂則讓內心空虛不安，踏實的過每一天，讓人內心充滿安定充實。

聆聽雨聲可以沉澱紛擾，即便車馬之喧，重要的還是內心的寧靜，也能心遠地自偏。

親愛的，日子就像飛揚的塵土模糊前方的路，若不是時時提醒著內心的願景，可能會糊塗過生活。日常瑣事經常分散我們的注意力，讓我們降低專注投入在眞正重要的事。

我要開始做最想做的事，「我奉獻一生去探索，並實現我的願景」。

一步一步，有時停歇，有時快馬加鞭，我們眞誠對待每一刻，雖然有時煎熬有時歡喜。放下過去和未來的七爛八苦，我們讓當下充滿威力，不要拖到好久以後才執行，信任自己靈性的聲音與行動，創造美好的價值。

把握生命，現在去做你覺得重要的事、值得的事。我們可以寫下來如果生命就到今天，你有那些遺憾，然後一一去實行，不要留下遺憾。

放下對自己的萬般責難

親愛的，你有多久沒有好好愛自己一番，好好鼓勵自己一番，好好的犒賞自己一番。好好的用心愛護自己的身體，原諒一無是處的自己，放棄苛責你自己，放下對他人的過度關注，別總是符合別人的要求或期待。你總是對自己太嚴格，沒有好好的愛自己，放任難過、憤怒等負面情緒傷害你。

有時我好像不斷地在填充自己，充實自己雖然是好事，但也不能過度。我就好像丟一堆東西要把一個圓填滿，畫個圖會更能意會，不丟東西似乎無法彰顯自己精進，或呈現自我價值，而感到焦慮。

親愛的，你不用證明你的價值，你不須證明你很努力，讓自然流動，你本來就有價值，你本來就富有足夠的能力，其實你自然而然地就在進步，而且不是一昧地丟東西進去，反而「無」、「空」的作用更大。

放下對自己的萬般責難，放下對自己的過度嚴苛吧！親愛的，你很棒，你真的很好，我最愛你了。這些文字觸動了內在的小孩，對不起，請原諒我，謝謝你，我愛你。

擁抱負面的自己

上天似乎回應我前兩日寫下的期許，將內心的負面能量排個乾淨，今早悲傷的情緒就像海浪襲擊一般，勢不可擋，情緒一上來就止不住，一把鼻涕一把眼淚的，感到內心很悲傷，卻不知道為何悲傷。

這似乎是深藏已久的悲傷，是壓抑過久的釋放，就像地震一般。我發現這次不只有瘀青，耳垂處腫起一顆痘痘，輕輕按壓就會痛，彷彿在提醒我，能量卡住了。相較之前的能量受阻，這次感覺更為痛苦，痛苦的感覺讓腸子都打結了，膀胱和胃都不舒服，連腰背也酸，傷心似乎傷胃又傷腎，甚至曾一度感到呼吸困難。

我祈求上天告訴我是什麼讓我不快樂？是什麼讓我如此悲傷沉重？是什麼讓我的能量卡住？

好像聽到我在呼喚，今早有個契機，讓我可以留約半小時的時間給自己，好好地大聲唱出心中的不快，悲傷和曙光都在歌聲中。

我感到迷惘，對來到生命中的人事物過度執著。緣起緣滅，緣盡了，業力償還了，就放下對其念念不忘。這些都是妄心，眞心如如不動，不受到妄心的波動，我禱告祈求找回眞心，找回內心的平靜、喜悅及愛。

在我面前的人事物是內心的反射。映照在我眼前的人事物，我大多不太能夠接受，看不過去，內心感到憤怒與痛苦，那些你不喜歡的自己也是你的一部分。

我試著放下那個看人不順眼，充滿瞋恨心的自己，我看到憤怒和悲傷的自己，他是我的一部分，親愛的自己在等我，用愛迎接他回家。

對不起，請原諒我，我反覆說了幾次。我知道我傷了自己的身體與心靈，對不起，請原諒我，謝謝你們，一直不離不棄的在我身邊支持著我，和我一起奮鬥。

我創造我的實相。最近開始打嗝，彷彿在跟我說我不能接受，有些想法、感受或信念，我無法接受，這口氣嚥不下去，就打嗝了。說放下並不容易，何況有時既未提起何來放下，放不下時就回歸內心的自己吧。

☆在感受到負面情緒時，用心感覺身體的感受是如何？當發現身體出現不適的徵兆或症狀時，回頭問問自己，是不是內心有哪裡不舒服？能量的流動是否阻塞了？

面對負面能量

俗話說八風吹不動的修行功夫，我一下子就破功了，面對同一件事，有些人總是能看到事情的正面與成功，有些人則是看到負面與失敗。我以前看到那種負面的語言與能量，總是感到不舒服，也不諒解爲何他們總要往不好的方向去想，而經常怨天尤人。我也無法理解爲何聽到那些語言，我會覺得難受。透過書寫，我終於明白這是因爲害怕負面的能量會吞噬光明。

內心的想法很重要，我試著以平淡的心情去處理，我很遺憾你有這樣的負面想法，我並不能強迫你採取正面思考，你所投射的負面能量，我會用正面的能量照亮它，如果你投射出黑暗，我會將黑暗化爲光明，我不怕你的負面能量。

把內心的石頭放下吧！深夜時分，獨自面對自己，內心淸楚明白，內心深處有絕對的靜謐，外在紛擾影響你的情緒，但絕不會動搖那深沉寧靜的心，寧靜的心讓人平靜、喜悅及充滿愛。

寧靜致遠，時常保持內心的寧靜與喜悅，身心皆暢快，看得遠，看得透澈，不害怕、不心慌、不執著、不分別、不沾黏。

藍調音樂抒發愁緒

傷心的人聽傷心的歌？聽音樂的同時，閱讀一篇談到傷心事的漫畫，雖然只是一本關於植物標本製作的漫畫，卻在某個環節令人感到傷感，每每聽到這個音樂時感到悲傷，因爲和那漫畫的情節連結起來，即便用盡全力還是無法挽回生命，早知道有一些其他的妙方是可以拯救的，我爲何當初沒有採用這方法，我眞的盡全力不留下任何遺憾了嗎？

看武俠劇，尤其是布袋戲，經常發人省思。其音樂觸動人心弦，讓人胸懷天下，浩然正氣，超凡入聖，有時卻又特別讓人傷感。在戲中人生無常，生命、親情、愛情、友情等有時就發生很大的轉變，促使我們更珍惜當下美好的喜悅，珍惜身邊人，珍惜現在所擁有的。

不要忽視現在的喜悅，不要忽視你的親朋好友。

更甚者，對於那種超凡入聖，清靜無爲，豁達的人生態度，我試著與生活情境連結。在人生遇到困境或不順利時，如果是那超凡入聖的人會如何做？我也可以採取豁達的人生態度，從容不迫，輕鬆解決所面臨的難題嗎？

痛苦轉化爲愛

用言語讓悲傷宣洩吧！沉默的悲痛會讓心更碎裂的。我今天沒有悲傷的心情，但確實明白需要讓悲傷宣洩。我無法表達我有多快樂，那麼快樂是無限的，我無法表達我的悲傷時，那悲傷就變得特別沉重難受，所以用言語宣洩，讓情感自然流動吧！過度的累積只會讓情緒爆到極點。

最近這幾個月，疫情持續在升溫，有些行程被打亂，也有不少收獲，在心靈上及自然上，心靈受到打擊或衝擊，內心震撼，心情下了雨，最終選擇露出陽光，轉彎並重新開始。

讓疲憊的心靈沉澱，塵亦不俗，海亦不苦，濃漫瀰壓的痛苦轉化爲愛。大自然用美麗的花朵、豐富的果實種子，綠意盎然的葉，徐徐的風，活潑生動的動物，帶給我們美好的感受。

親愛的，好好爲自己活著吧！我終於明白內心痛苦的原因。昨日開始寫下內心的執著，並一一將它放下，也許還有我沒有發掘到的執著，這會列入我下一步的練習方向，我發現還有一些恐懼沒有去面對，這又是另一項功課了。

先談談執著吧。我發現內心的執著有一大部分來自恐懼，而內心的痛苦與悲傷有一大部分來自執著，我一一寫下約8項的執著，我試著探討爲什麼有那些執著，因爲我害怕失去、害怕受傷害、害怕孤立、害怕困難等等，這些執著讓我的行爲沒有好好活出自己、自在地做自己、好好善待自己。

我試著放下所有一切的執著，放手做自己吧！我開始念著那心無罣礙，眞正的自己，他不生不滅，如如不動，所見一切妄心動，眞心如如不動。

我好像又迷路了，看不清自我，此時無意間發現一本看似愛情小說，卻是找回自己、找回自性之旅程。看完後內心有很多感觸，就像書中所寫，有時候在人生的某個片段就想狠狠地放空，把內心的執著敲碎，像那個大禮拜一般，放下執著全身撲倒在地。我的內心也因此融化，眼眶沁出眼淚，眼淚潸然淚下，所有的無奈痛苦都隨之流出而淨化。

最近好像沒有好好的放鬆自己，爲自己好好的活著。我明白生活中美好的祝福，但內心深沉的悲傷還未澈底清空，本來享受著生命的喜悅，卻又蒙上一層烏雲，有時雲層累積多了就開始下雨。

平常我總是對事論事，很少講感覺與情感，表達內心的情緒，但在此時與內心對話的時刻，我很感謝你，親愛的，謝謝你聆聽我的感受。

傷心的情緒有時連五臟六腑都能感受，但有時則須清理生命的無奈與痛苦，將負面的能量排出，讓身心更加輕盈。

脫去你僞裝的硬殼，你不用堅強，你不用刻意留下好印象，親愛的，好像碰到你的痛處了，你的內心突然很悲傷。沒關係的！我在你身旁，陪你度過悲傷，好像感到你似乎覺得好累，渴望沒有用，假裝一副很行的樣子，這個殼很脆弱一敲就破，還不如軟Q彈性的自己堅強。

謝謝你，願意面對內心的情感，對不起，請原諒我。

☆你有試著說過或寫下你內心的情感嗎？試著寫下你所感受過的心路歷程，例如你覺得生氣又難過，問問自己，和自己的心對話，爲什麼你會感到生氣又難過？當下發生了什麼事？你怎麼去詮釋這件事？詳細的描述內心的感受，你是怎麼想的？

我執

也許是種種的執著讓人感到痛苦。我以爲我放下了，不執著了，沒想到我對自我如此的難捨。爲達到某些目的可能需要改變自己，在面對這股強迫改變的需求時，我感到有一股力量在抗拒。

我聽到一個吶喊的聲音，說著我不要，我不想爲此改變自己現有的樣子，我不要改變，這樣就不是我了，我要做我自己。

強迫自己改變成你認不得的模樣，用盡一切手段達到你想要的目的，最後你已找不回最初的自己，這是你想要的嗎？不是。所以面對改變，我感到難過。

離開負面情緒，靜下心來，難道是自我的聲音在說話嗎？我是誰？我就是現在固定的性格嗎？我執著自己一定就是個怎樣的人嗎？

內心的執著又掀起一番波浪，出自好意的建議，似乎眞的適合給自己，現在這一刻我又再管別人的事，原以爲是好意，卻造成別人的困擾與憤怒，原以爲直接提供建議，別人接受與否都沒關係，沒想到別人卻會爲此困擾。

我沒有以爲的道心堅，也沒有很好的修爲，那都是僞裝的，我的妄心折磨著我，我的眞心如如不動，不受妄心影響，依然純淨光芒。

我試著放下身段，放下執著，放下所有我應該、他應該、你應該的執著，我每分每秒都在改變，別人也是，萬物也是，眞正的本心如如不動，萬物一體的本心也是，別人看到的我不是我，我的形象和軀體也不是眞的。竟然如此，放手的做自己吧。別管別人怎麼看你，怎麼說都不重要，重要的是你的內心，聽內心的聲音，和內在的自己對話，循內在的指引。我願意敞開心胸讓別人了解我，我很平安，所有邪惡無法傷害我。

在身心靈的領域方面，我們不要陷入特定的宗教思考。很多思想能吸收的就學習，所有法皆是方便法門，不可執著，萬法唯心，心生萬法。照顧好你的內心，內心會轉成千變萬化的環境。

我明白很多都是內心所生的萬法，而這些不舒服的感覺又起因於貪嗔癡。放下吧！放下所有想法與情緒，閉上眼睛感受呼吸。找不到光的出口，就讓光照進來，或者就讓自己閃耀著光芒吧！

親愛的，想做自己喜愛的工作，想要把時間投入在熱情的所在，好像聽到聲聲呼喚，回來吧！投入你有關生態環保的專長。我沒有放棄，從來沒有，深愛的人事物一樣，愛不會遠離。

醒悟

我開始翻開6分鐘的日記第一頁，檢視自己在各方面的狀況，屬於需加強的項目有運動、活動、創造力、給自己的空間不足等。

我的精神突然跳脫到某個情境中（我後來覺得訝異，難道在醒著的時候也會靈魂出竅），我在買煎餃時，突然遇到一個我很想遇見也很懂我的人，他對店家很沒禮貌，還說了些狠話，當他轉過身要走，我離他大約6步之遙，我大聲叫住他：「站住！」，發揮正義感，把想講的話大聲的訓斥這位男子，他的態度突然180度轉變，連忙向店家道歉，並向我表示這是對我的考驗，他很高興我拿回自己的力量。是的，我有力量與能力去過有意義的生活，我勇敢地爲自己做件事（見義勇爲？）。

我的內心豁然開朗，我在現實中放聲大笑。「不要一直在可是，卻沒勇氣爲自己做件事，難怪你還要在輪迴。」對的，我有力量去做我想要完成的事，而且我會勇敢且積極的去做，不留下遺憾，更不會因此要在輪迴轉世。這已經讓我很震撼了，至少是開心充滿能量的震撼。

你有想過5年後的你會變成什麼樣子？多愁善感？堅強柔韌？原以爲要成爲的生態學家，因爲在相關領域投入的時間不夠多，導致還在當小伙計的助理階段。我驚覺時間一年就這麼過去了，5年照這樣也很快就晃過去，學習時間太少，進步空間也少，光陰就這樣過去了。我驚覺在一年之中更需要騰出更多時間精進自己，投資自己。

心靈導師

一個有條理的文章無法帶給我內心的豐富，與心靈對話才眞的撼動內心。我開始練習寫有條理的文章，這是讓大衆理解的語言，讓大衆理解想要呈現的觀點與重點。我試著用這種方式來寫內心所面臨的衝突與轉化，結果不盡理想，我無法從這個事件中取得內心的平靜與富足，因爲我修飾著語言，讓人忽視內在的對話產生的心靈之智。

自我對話，與內在的自我對話，與內在的心靈談話。內在心靈一直是我最好的導師，自我對話是心靈回歸平靜喜悅的一種方式，更是讓人猛然醒悟。我可以閱讀書籍或其他文章，學習到他人豐富的智慧，若要運用在日常生活中，則要與內心轉化爲自己的語言。

你問過內心眞正的想法嗎？你關心內在的感受嗎？你順應內在的聲音嗎？親愛的自己，請你原諒我，經常忽視你的感受與聲音，別人怎麼想不重要，重要的是親愛的自己，你怎麼想。

每當我傾聽內心的聲音，滿滿愛的能量與感恩的心情充滿內心。謝謝你，我的心靈導師，感謝你在人生每個階段的開悟，我指的不是求學、就業、養育子女、老年照護等重大改變的階段，而是在人生過程中一次又一次的頓悟。

籤筒

找尋答案，不須外假他人，詢問內心是最好的方式。萬頭思緒無法靜下來聽內心的聲音時，可以自己做個籤筒，放入許多激勵人心或快樂的事件，很神奇的，你抽到的籤詩，經常反映你當下的心境，提供給你心靈的處方籤。

有次我在辦公室抽中一籤，原來愛不會遠離，原來我擁有那麼多，沒錯，我忘記感恩了，這一天的每個細節看起來好像沒什麼，但仔細分析才發現其實這一切得來不易，並非理所當然，還有我忘了用愛擁抱自己與萬物。

重新拾回愛與感恩的力量吧！喜悅自然會油然而生，讓我們開始養成晨起時感謝上蒼帶來生命的豐富，讓愛與感恩的心情充滿一天。我的內心充滿著喜悅，因爲生活中充滿著美好的祝福。我愛你，親愛的，我也愛你們。

分享我學習的富習慣：

1.列下不做事項清單，每週至少閱讀1次，提醒自己別做這些損耗生命的事。

2.列下每日5件事，並且每日執行。
3.列下肯定的句子（與目標或生活主要目的相關），每天唸1次。
4.早晚各冥想1次，想像自己達到理想的生活。
5.每天投資自己30分鐘（運動30分+學習30分更佳）。
6.笑，讓自己心情愉悅。
7.感恩，尤其是早上。

選擇愛

親愛的，好久沒聽到你的聲音。我愛你，我也明白你愛我，這是很美好的感覺。迷戀、迷惘、恐懼、擔憂，蒙上一層迷霧，帶來憂傷與困惑，親愛的，勇敢地跨出障礙吧！眼前的困難沒有你想像中的艱難，而你一定能夠安全且成功的克服。

當工作忙碌時，心也盲了起來，恐懼焦慮讓人難以入睡，當生活的物質享受增多時，對死亡的恐懼又增了一分。我面對我的恐懼，所以我的大腦一直在運作而難以入眠，我相信人是不會死的，靈魂永在，也不用擔心會一切歸無，而什麼都不記得，你仍在這裡開創生命美好的經驗，而且是不具形體的感受，選擇愛而不是恐懼，選擇溫暖的愛與喜悅的面對。

面對死亡

這次我一樣挺身而過，直接面對恐懼。恐懼時我身體發冷，黑暗的力量席捲而來，我召喚內心的光芒，不斷提醒能安定心靈的句子，例如「生者寄也，死者歸也」、「肉體本來自然會老去腐壞或死亡，靈魂是永生的，我們一直都在」、「選擇愛而不是恐懼」，「放下肉體的世界是更溫暖充滿愛的地方」，「現在的短暫生命只是一個體驗的過程」。內在還是有些恐懼或黑暗力量。於是召換神佛的力量，感受到一切萬有的慈悲與圓滿，內心逐漸感受到愛的光芒。

恐懼是生存的強大機制，但無法困住我們內心無比強大的愛與光芒，此時恐懼會消散無蹤。

其實更怕的是輪迴，好不容易才克服對死亡的恐懼，不想再經歷死亡恐懼、生老病死的過程。所以內心更不要留下遺憾，才不會有所眷戀。我內心浮現了「別再等待」、「我奉獻一生去探索，並實現我的願景」，我想正是又再一次提醒我，別再等待，去實現你的願景吧，不要留下遺憾。

今日我終於向家人說出對於死亡的恐懼，我之前一直不敢說，也怕會不停的掉眼淚，說不清楚。我今天終於克服這恐懼。

放下對生死的罣礙，死亡不是終點，是另一個起點。我清楚明白願景爲何，在這

獻上我深深的祝福，願一切的眾生心靈平靜與充滿愛，內心全然放下對死亡的恐懼。
願人心祥和，人類與大自然萬物彼此相愛與和諧共處。

第二節　自然詩歌

感恩

我還能呼吸，我還能看見，我還能夠感受生命的美好。
感謝上天的賜與，感謝此刻的幸福，感謝每一刻的擁有。
我還能呼吸，我還能看見，
不可思議！不可思議！
我要唱出生命的交響曲，傳達幸福到你心裡，
願你安詳喜悅，願你平安健康。

大地情歌

你在對我們說什麼言語？願我們用心去傾聽。
我會感受花開又花落，感受你每個心動的時候。
不是風在動，是仁者心動，
卻讓我不禁言語爲何，讓我想爲你唱首歌。

雖然讀不懂你言語，卻能感受到你的心意，
我想讓更多人了解你，感受你源源不絕的愛意。

大地情詩

我潸然淚下，感動莫名，淚雨婆娑，在婆娑世界有滿滿的溫暖，因爲有你，孕育萬物，滋養萬物，卻不主宰萬物，不在意任何的付出，只想把最棒的豐盛留給我們。

感謝你，親愛的大地母親，謝謝你的愛，謝謝你的指引，謝謝你在我們無數困頓的時光中，給我們滿滿的愛與希望之光。

溫柔的慈悲，我已看不到所打入的文字，淚水不斷地湧入眼眶，我已分不清眼前是你還是我。

請原諒我們對於你造成的破壞與浪費，你慷慨的給予，不求回報，我們卻拿石頭砸你，欺負你。

對不起，親愛的地球母親，你對我們無盡的愛，我卻沒能湧泉以報，卽便沒有回報，至少也不能如此對待你，讓你傷透了心，傷透了身體。

請原諒我，讓我有機會再次傳達對你的感謝與愛。

每一天都是禮物，讓我感受生命的豐盛。

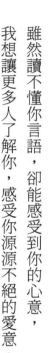

感謝上天給我滿滿的愛，讓我內心滿滿的溫暖。
千言萬語~想和你說~謝謝你深深無盡的愛。
悲傷也好，快樂也好，來來去去，心仍如如不動。

風

如風般溫柔，如風般熱情，如風般冷冽，如風般狂野，
穿透身體，振動著每個細胞。
吸吐之間，萬物生命而起，心也隨風動搖，
隨風而來隨風而去。

風啊吹啊吹，傳達我內心，無盡的愛、喜悅與靜謐。
冷風、熱風、狂風、微風，眾妙之門，
只能意會無法言傳，玄外之音，聽否？

陽光

黑暗與光明相應，過猶不及。

陽光帶給我一天活力的來源，帶來喜悅的能量，讓我不陷入鬱悶的陰影下。
烏雲又來擋住你的光，我大聲呼喊，烏雲啊，速速退散！
陽光又再次露臉了，而且光線強度與熱度越來越強，已經讓身體感到不適，我開始躲在陰影處，避開這陽光鋒頭。
陽光讓人又恨又愛又依賴，需要時呼喚，反之，退避三舍，你給我能量，而我卻如此回應。

雷

我做了什麼錯事，惹你生氣，讓你雷聲轟隆轟隆，如雷貫耳。
我內心感到害怕，只能求您大人有大量，原諒我吧！
雷聲依舊響徹雲霄，我匍匐在地上祈求您的原諒，請賜予改過的機會。
隨後，下起大雨，雷雨加交，又生氣又悲傷。
上天看這土地的子民如何對待環境，以及共同生活於環境的居民，竟然是這般傷害，如母親般的大地及一切生靈。

暖陽

（詩與歌）

陽光灑在我心田，
也灑在我的熱臉，
心田中一股暖流，
一股愛意紅通通。
熱情的陽光，溫暖我身旁，
喜悅地自然哼唱。
一切盡在不言之中，
我明白，你都懂。

靜靜地寫下，哼著愛的歌
我找回內心的力量。
回歸內心，專注在此刻，
深深感受著愛與豐盈，
感恩的暖流也回歸了啊！

原來一直在我身旁，
原來我早已擁有它。

我一邊哼唱一邊用手寫下，手稿的溫度仍然真摯，陽光灑在筆記本上，字字閃閃發光，我很喜歡這樣的寫作美感。

創作背景：天氣很冷，外面陽光很大，我靜靜地坐在陽台前曬太陽，我的身體感到溫暖，陽光熱情地包圍著我，尤其是我的臉被曬得發燙，迷人的陽光有點讓人睜不開眼，紅通通熱滾滾的臉頰，溫暖和愛意回歸心上，內心充滿喜悅。

我突然感受到原來我經常向外尋找幸福、真理，而當我用心感受生命的豐盛與愛，感受到大自然的愛，我內心感恩浮上心頭，我不禁震撼，我竟如此顛倒，原來它就在這裡！而你早擁有它。當我不再向外追求時，當我回歸內心時，我找回力量，一切了然。

雨

來去無常，時下時停，
洗滌心靈，沉靜喧囂，

滋潤大地、萬物和心靈，
洗滌塵埃、心靈和空性，
點滴在心頭。

我無法簡單的表達雨所傳達的聲音，這是大自然的交響樂。雨透過不同介質傳達不同的聲音，萬物感受亦不同。

靜下心來，聆聽雨聲與傳達的訊息。聽到也感受到來自內心和萬物的訊息，淚水湧上眼眶，是難以言喻的感動！彷彿此刻眞正的活著，內心充滿感恩。謝謝！感受到滿滿的愛和能量。

雨聲時大時小，心情也隨之起伏，大雨時更加沉靜與透澈，小雨時則輕快許多。此刻我安穩地在室內享受雨聲，在沒有遮蔽的戶外，也許就沒有悠閒的雅趣，但那時雨更能穿透身體，直接感受雨和泥土混合的氣息，感受雨和身體的分子結合，沒有分離。

雨中思念

如雨滴般絲狀的輕柔述唱你的歌，這是一首唱給你的歌。在雨中不禁地想起你，在滴答的聲音沉澱我的心，彷彿在訴說我的心聲，就讓淚水自然流下，就讓歌聲傳達我的心，哦～親愛的，想告訴你千言萬語，在雨中對你萬般的思念，內心的痛苦與無奈好像雨水流，雨越大，淚水越多，似乎在清理內心的感受。

雨聲或許本無聲，透過磚瓦、鐵皮、水泥等物品，敲擊而來滴答之聲，此時伴隨雷聲和閃電，讓我內心一震！是我錯了嗎？請原諒我，請給我改過自新的機會。忘了吧！所有的愁緒，忘了悲傷，讓雨洗滌你的心靈。

愛

（歌曲）

愛是你，愛是我，沒有分離。恆常不變，無邊無盡。
原來愛一直在我身邊，原來幸福一直在我身邊，
我卻苦苦追尋千萬遍，跋涉千山萬水卻找不見。
原來幸福就在身邊，原來我擁有千山萬水，
感謝生命的豐富，讓我充滿力量和喜悅。

苦苦追尋，苦苦追尋，原來愛就在我們身邊，

幸福也一直在我們身邊

原來愛就在我們身邊，幸福也一直在我們身邊。

結語

在人生中會遇到各式各樣的選擇，有時遇到人生的困惑與難題，想不透時，就問問在夢中那充滿智慧的你，去問你內心的聲音吧！

親愛的，我明白內心有時會浮現對死亡的恐懼，請你相信你是平安的、是被愛的、是平靜的，充滿愛的。

你不會死，你一直都在，根本沒有生死，靈魂如如不動一直存在，不生不滅，靈魂永生。

這不是故事的終結，這只是一個開端，生命也不因肉體死亡而結束，身心靈探索之旅充滿豐盛。

願你感受到大自然的愛，而心無恐懼，心無罣礙，讓心靈沐浴在自然中，內心感到無盡的愛與平靜。

陽光灑在臉上，穿透著身體，我感受到大自然給予的溫暖能量與無盡的愛。

順其自然，人生自有領悟。未來有更多豐盛，等待你去體驗，就隨其自然，持續的拓展人生的經歷吧！

後記

在寫作的過程中，有許多零碎的事務要處理，也參與許多社交活動，那些雜事瑣碎且不太重要，就更少時間陪伴家人及自己。

我很感謝家人給我的無後顧之憂，在生活的經驗中、感受體驗自然，在不受干擾的情況下，這本書逐漸成形。

我想起有一本書，作者提及他每次寫作前會進行108次大禮拜，讓心中保持一定的平靜，以便寫出足夠清澈的文字與思想，這讓我覺得很感動。

我不禁問自己爲何要寫這本書，寫這本書的目的是爲什麼？我希望能夠帶給讀者什麼樣的禮物？

我不是要炫耀或是滿足一種完成出書的里程碑，我覺得這是一種責任，一種心願的行動，一個希望的種子。

數次的夜晚，我對自己遲遲不寫下對於未來環境充滿希望的文字，沒有讓更多人感受到心靈的富足，擁有愛護環境、萬物生靈的心，並採取相關行動，而感到自責。

別再等待這句話，一直再提醒著我。我不確定能否可以活到出版2本書以上，我

希望能夠留下一些讓讀者感受到心靈平靜、喜悅與愛的文字，也能夠感受到自然的豐盛與愛。

如果這本書的文字能夠讓你感受到愛、喜悅、自在與平靜，或是促發愛的能量與行動，這就夠了。

我不確定是否能夠達到出版這本書的目的，能夠完成這本書，係結合衆多力量的祝福與協助，在此感謝所有一切有形或無形的人事物與能量。我的內心充滿感恩，這本書當然不盡完美，甚至豐富度欠缺，有很多地方需要加強，似塡不滿的黑洞，具有無限更棒的發展可能。但我不能一直等待著完美時機，我必須在某處劃下句點，也許作爲引路的人，剩下的留給各位去探索、發掘美好的自然體驗。

面對氣候變遷的挑戰，環境破壞的威脅，我感到憂心，然而我曾聽到一種說法，心中燃起了希望。我們可以透過心境的改變，創造美好的地球環境與生活。內在的心境創造外境，我們雖然都知道境由心生，卻不容易體會它如何運作，甚至運用它。

令人恐慌的傳染疾病，是我們集體共同創造的，而空氣污染、環境受到破壞威脅，這烏煙瘴氣也是我們共同創造的，我們的心境會影響地球環境的健康。

那我們就轉換心境，創造豐盛的地球環境！讓我們調整心，用心愛護環境、自然生態與生命，讓整個地球更健康。

附錄一　感恩記事簿

範例頁：

11／07決定重新拾起記錄感恩的習慣，讓感恩融入生活的每一天。

11／07晚上吃飽喝足了，感謝這些食物給我們滿滿的能量，也感謝烹煮食物的媽媽，用心準備健康好吃的料理。謝謝溫柔的月光，柔色的日光燈，陪伴我們溫暖沉澱。謝謝今天平安的渡過。

11／09晚上感恩一切都很順利、五感知豐富的一切，感恩一切。

11／11晚上雖然有一些擔憂，還好事情平安的度過，感謝最深的祝福讓所有邪惡都無法入侵我們，感謝我們有足夠的能力與力量去做過有意義的生活、去完成想要完成的事。

11／17感恩我和我的家人平安健康和樂，這眞的是莫大的福氣。當家庭中若有一人生病，家中的其他成員人也會感到擔憂，或是需要負起照護的責任，我很感恩目前沒有這樣的煩惱。雖然有些小病或是慢性病，幸好還能和平共處。我覺得自己擁有很多，眞的是很幸福的人，但生活中的不如意或壓力煩惱，或是身體上的不適，容易忽略現在的喜悅。因此我經常提醒自己不要忽視現在的喜悅，就彷彿提醒自己不要忽視你所擁有的，珍惜你所擁有的，把握你所擁有的。

☆每天寫下生活中感恩的人事物，或是生命中想要特別感謝的事情

附錄二　自然觀察筆記

範例頁：

我選擇一個種了柚子樹的圓形盆栽，作爲我觀察的曼陀羅地，我開始調查曼陀羅地的環境背景資料。

※日期、時間、天氣，土讓濕潤，微長青苔，有部芬青苔較成長冒出，土表上有一白色石頭，一樣附著青苔，連樹幹頂端也不例外。表土有疑似蚯蚓的大便。

※日日春較下方的葉片有黃色的葉片與枯葉，甚至有的葉片下方有5隻白色的介殼蟲，其中一支莖幹更密密麻麻的布滿白色介殼蟲，吸取汁液，影響植物健康。植株較上方的葉片仍維持綠色，其他分枝頂端開著桃（粉）紅小花，5片花瓣，中間一黃色圓圈。有些分枝則呈現枯枝，乾枯的日日春葉片上有10隻以上介殼蟲，可見蟲害。

※韭菜5株，2株較茁壯，其中1株花謝準備結果，該株與柚子樹連結（由蜘蛛網連結），網呈散狀分布，中心有一小黃色蜘蛛，腹部黑色。等等，不只1隻，有1隻在韭菜的乾葉中上下來回，原來也有很有趣的生態。

※柚子樹的葉片並不健康，多數葉片泛黃，且葉面與葉背布滿盾形介殼蟲，外表如紫色的小斑點，中間主有3個細枝，左側無，右側3個側細枝。葉片蒙上灰塵，也許因爲空氣污染，經常蒙上大量粒狀物，導致葉片不易呼吸，樹幹中間處有一處切剪不當，形成一焦痕。

☆先畫下曼陀羅地植物分布位置圖，每次記錄日期、時間、天氣、土壤狀況、植物狀況及其他觀察。

國家圖書館出版品預行編目資料

愛在自然／土香著.　--初版.--臺中市：白象文化事業有限公司，2024.3
　面；　公分
ISBN 978-626-364-243-0（平裝）

863.4　　112022299

愛在自然

作　　者　土香
校　　對　土香
發 行 人　張輝潭
出版發行　白象文化事業有限公司
412台中市大里區科技路1號8樓之2（台中軟體園區）
出版專線：（04）2496-5995　傳真：（04）2496-9901
401台中市東區和平街228巷44號（經銷部）
購書專線：（04）2220-8589　傳真：（04）2220-8505
專案主編　陳媁婷
出版編印　林榮威、陳逸儒、黃麗穎、水邊、陳媁婷、李婕、林金郎
設計創意　張禮南、何佳諠
經紀企劃　張輝潭、徐錦淳、林尉儒
經銷推廣　李莉吟、莊博亞、劉育姍、林政泓
行銷宣傳　黃姿虹、沈若瑜
營運管理　曾千熏、羅禎琳
印　　刷　百通科技股份有限公司
初版一刷　2024年3月
定　　價　250元